Romane Lafore

La confession

roman

Flammarion

ISBN : 978-2-0804-5596-3

À Dominique Tabone-Weil

Vous avez l'air étonné que je sois revenue. Moi aussi. Après tout, je n'ai pas besoin de vous pour recevoir ma pénitence. Jusqu'au bout, j'ai hésité à faire demi-tour. Il y avait un homme effrayant en bas des marches. Il n'était pas là, la première fois, ou bien étais-je trop bouleversée pour le remarquer. Entortillé dans son sac de couchage, affalé sur un carton, il avait l'air de dormir – et puis il s'est redressé d'un coup en m'entendant approcher. J'ai vu ses yeux luisants au fond de ses orbites, ses traits émaciés sous la capuche qui enserrait comme un linceul son visage mangé par la barbe. J'ai eu peur. Le temps que j'arrive à sa hauteur, il a sorti son bras pour me tendre une main calleuse aux longs ongles noircis.

On m'a appris à donner aux pauvres, on m'a appris qu'il le fallait, du moins – le nécessiteux, le mendiant en haillons, figurait souvent parmi les personnages que convoquait maman dans les saynètes de la vie quotidienne avec lesquelles elle essayait de nous édifier dans les salles d'attente ou les bouchons sur l'autoroute des vacances. Elle appelait ça le jeu de l'ange et du démon.

Maman t'avait promis de longue date d'aller à la piscine toute seule avec toi, mais ta petite sœur est tombée très malade. Une voisine peut venir la garder, une dame à chats qui a du poil au menton. Ta petite sœur fera la tête, mais tu sais que la dame s'occupera bien d'elle. Maman te propose l'alternative suivante : annuler la piscine ou appeler la voisine. Que choisis-tu ?

Alors que papa t'avait interdit de chahuter dans le salon, tu as désobéi et brisé un vase par inadvertance. Avec toi se trouve ta petite sœur qui ne sait pas encore parler. Quand maman entre dans la pièce, elle demande qui est la responsable. Si tu dis que c'est toi, elle va se mettre en colère. Mais tu sais que ta sœur est trop petite pour que maman lui en veuille. Donc, si elle pense que c'est elle la coupable, elle ne se fâchera pas. Que réponds-tu ?

Nous étions supposées nous distribuer les rôles, faire successivement entendre la voix du bien et la voix du mal. Mais la consigne était immuable : à la fin, l'ange devait l'emporter – quitte à ce qu'il faille pour cela que notre mère prête main-forte au camp du bien.

Tu prends le goûter avec tes deux amies. La maman de l'une des deux a oublié de donner son quatre-heures à sa fille, tandis que l'autre amie en a reçu une copieuse ration. Elles pourraient très bien partager ce butin entre elles deux – ça te permettrait de garder le tien, ces gâteaux au chocolat dont tu raffoles. Elles,

elles n'en connaîtraient pas le goût mais tout le monde serait repu. Que décides-tu ?

Le péché, ne manquait-elle jamais de nous rappeler, est bien différent d'une bêtise. Il représente une offense à Dieu, un non intime et volontaire à l'une de Ses demandes, à une exigence de Sa voix d'amour perçue dans notre conscience. Qu'aurait-elle dit, tout à l'heure, face à ce clochard aviné ? Dieu me demandait-Il de me mettre en danger ?

Ma sœur Sixtine n'aurait pas eu peur, elle. Elle n'aurait sans doute pas hésité à s'agenouiller, aurait offert le reste de son sandwich, parlé du Christ, pointé le doigt vers l'église, je sais qu'il lui est arrivé de faire des maraudes avec son aumônerie étudiante, elle se sent dynamisée par l'existence des plus faibles. Leur exotisme. Et puis elle m'a raconté que ce genre de soirée s'achève toujours par un temps de convivialité arrosé au presbytère. Or moi, qu'ai-je fait ? J'ai pressé le pas, monté les escaliers quatre à quatre. Vous voyez, même ça, la charité, je ne sais plus faire. Je ne sais plus dire oui à Ses demandes. J'ai fait taire la voix de Son amour dans ma conscience.

D'ailleurs, c'est par un silence que je pourrais commencer. Le baptême de François-Joseph, il y a trois ans, quand les premiers signes de mon péché se sont manifestés.

Le bébé avait été fait enfant de Dieu, il venait de renaître, lavé de son péché originel, et je n'ai pas chanté. Je m'en souviens comme si c'était hier. Ce samedi de Pâques, dans cette paroisse bondée, quand le cri de François-Joseph a transpercé le silence compact et minéral, un silence d'expectative et de froissement, de frottement, de *poc* contre le pupitre amplifié au micro, le silence d'une manipulation, toute l'église tendue à en guetter l'aboutissement, sauf lui, ce bébé nu qu'on venait d'immerger en entier par surprise et que la sidération avait d'abord fait taire, ce nourrisson à qui il avait fallu quelques instants pour encaisser le choc et crier, hurler, s'époumoner et agiter ses petits poings rougis sous la voûte tandis que son père, l'ayant repris des mains du curé et sommairement enroulé dans un linge immaculé, le brandissait à bout de bras pour le montrer à l'assistance applaudissant à tout rompre, et tournait sur lui-même en découvrant ses boutons de manchette, et hissait au-dessus de son crâne précocement dégarni ce nourrisson trempé qui se contorsionnait dans sa chrysalide, ce nourrisson colère braillant son appel vers les arcades et implorant en vain les bras glaciaux de son Créateur sous le regard craintif de sa mère, les mains ouvertes dans sa direction, déjà prête à s'élancer pour l'intercepter, impatiente de pouvoir l'emporter dans la sacristie pour le frictionner, le réchauffer, le rhabiller et s'imprégner de sa bonne odeur de saint-chrême maintenant qu'il était *devenu enfant de Dieu et frère de Jésus, Alléluia,* comme le proclamait la chanson que toute l'assistance entonnait à présent, sauf moi, si fort qu'elle couvrait l'orchestre derrière l'autel, les tambourins, les cordes sèches et les instruments à vent, et que seul s'imposait le solennel souffle de l'orgue, descendant sur nous tel le soleil qui avait dardé ses rayons vers le bassin en plastique érigé au cœur de la nef au moment même de l'immersion, après avoir peiné à traverser l'opacité des hauts vitraux ; dans mon souvenir, les applaudissements, l'orgue, la chanson, l'arrivée impromptue du soleil, tout concourt à exprimer ce triomphe que j'observe impuissante, debout sur un prie-Dieu, les mollets au bord de la crampe, les orteils en feu dans mes escarpins, le sourire figé, douloureux, tirant chaque muscle de mon visage, les sinus assaillis par une multitude d'aiguilles pendant que je m'intime de ne pas pleurer – ne pas pleurer, ne pas faire couler le mascara, ne rien laisser transparaître, tout réfugier dans ce sourire, ce sourire toutes dents dehors apparaissant à la moindre émotion, ce sourire tyrannique et indépendant de ma volonté qu'on a toujours vanté comme ma grâce et qui me crucifie, une ancre au milieu de mon visage, mon masque et mon talon d'Achille. Je ne chantais pas, je n'y arrivais plus.

Dans mon souvenir, je ne suis qu'une hyène aux aguets, le cou tendu, les cervicales engourdies, souriant malgré elle pour ne pas pleurer, parce qu'elle a envie de pleurer, dans mon souvenir je suis immobile, pétrifiée, une statue aux joues fardées et aux cils parfaitement gainés, une poupée de cire en col Claudine, les pointes de mon foulard en soie retombant docilement sur ma poitrine, alors qu'à l'intérieur, quelque chose crie plus fort que le bébé.

Hugues dit toujours que j'en rajoute. Il n'aimerait pas ma façon de raconter cette journée-là. Il n'aimerait pas, mais qu'y puis-je ? Quand je repense à tout ça, à l'enchaînement des événements qui m'ont conduite aujourd'hui face à vous, c'est cette messe de Pâques d'il y a trois ans qui se rejoue dans mon esprit, et le soleil aveuglant, et ma gorge rétive. *Tu es devenu enfant de Dieu et frère de Jésus, Alléluia ! Aujourd'hui l'Esprit repose en toi et chante Alléluia !* J'avais vingt-cinq ans, Hugues ne m'avait pas encore fait voir les vidéos de ce père spirituel qui enjoint aux femmes de s'habiller avec modestie. Je portais encore des pantalons.

Mais pas ce jour-là. Ce jour-là, j'étais invitée au baptême du fils d'une de mes meilleures amies, je devais être impeccable. Je me souviens encore de ma tenue. Je me souviens toujours de mes tenues.

Je me maquille peu, je ne porte pas de talons de plus de six centimètres, je ne me suis fait percer les oreilles qu'à seize ans. Aucun de mes sous-vêtements n'est noir. Ni rouge. Mais c'est un fait : je me souviens toujours de mes tenues. J'étrennais une jupe taille haute, forme corolle, bleu roi, que j'avais associée à une veste crème Caroll. J'aurais pu me passer de collants mais je ne suis pas comme Sixtine, je n'aurais jamais osé découvrir mes mollets ni les plis si honteusement expressifs de mes genoux. Les genoux de Sixtine sont beaux. Elle met toujours un rouge à lèvres carmin quand elle sort, elle a la voix cassée, de longs cheveux blonds qu'elle coiffe en un chignon maladroit en haut de son crâne et dont s'échappent de longues virgules scintillantes traversées par la lumière. Alors que moi, vous voyez, mes cheveux sont fins, lisses et dociles, ils glisseraient entre vos doigts comme une plume. Je ne sais jamais quoi en faire.

À l'époque, j'avais encore les cheveux mi-longs. Je les avais attachés au-dessus de ma nuque avec une barrette, j'avais renoncé à porter un chapeau. Après tout, je n'étais pas la marraine, Clémence ne m'avait pas fait cet honneur. Je ne lui en voulais pas. Elle avait tant de sœurs à contenter, elle aussi. Ou bien craignait-elle que je ne le prenne mal, étant donné les circonstances. Nous n'étions déjà plus aussi proches que nous l'avions été à la Légion d'honneur, surtout pendant notre année de terminale quand, après six ans de dortoir imposé, nous avions enfin eu droit à une chambre, que nous partagions avec Philippine et Marie-Laure. Mais nous n'étions plus lycéennes, nous n'étions plus les demoiselles de la Légion d'honneur en uniforme qui dansaient le rock dans le foyer juste avant l'extinction des feux en alternant les rôles de fille et de garçon. J'avais désormais un vrai homme à mon bras. C'était à mon mari que j'étais censée parler. Pas au premier venu. Et c'est ce que j'ai fait, pourtant, ce jour maudit.

Avant l'Eucharistie, alors que nous nous étions signés, agenouillés, recueillis, réjouis, et que nous nous apprêtions à gravir l'allée pas après pas pour ouvrir la bouche devant l'autel, conscients de figurer parmi ceux qui ne rougiraient pas de prendre sous leur langue le corps du Christ, fiers d'avoir respecté la consigne de ne communier que si notre dernier sacrement de réconciliation remontait à moins d'une semaine, le curé nous a invités à confier une intention de prière à un voisin. Ce n'était pas la première fois qu'un prêtre nous conviait à cet exercice, pareille chose s'était déjà produite à Carnac, ou à Sainte-Odile, et lors de vacances dans ma belle-famille. Chaque fois, même si Hugues dit que les gens n'ont pas besoin de connaître tous les petits détails de notre vie privée, qu'ils s'en foutent, j'avais ressenti la même excitation. Affronter le regard d'un inconnu, échanger prénoms et vœux les plus intimes afin de prendre en charge la prière de l'autre.

Un garçon du banc de devant s'est retourné, à l'allure d'étudiant d'école de commerce. Un moment de flottement s'en est suivi, identique à la bousculade feutrée qui accompagne toujours la paix du Christ. Qui allait confier sa prière à qui ? J'ai vu le garçon hésiter, observer Hugues à la dérobée, s'aventurant craintivement sur le gilet zippé par-dessus la chemise vichy, glissant le long des épaules larges, remontant sur la nuque tannée, constatant la mèche et les tempes rases, la mâchoire carnassière, avant de se poser brièvement sur ma physionomie. Un instant, je me suis imaginé ce que nous donnions de l'extérieur, mon mari et moi, ce que notre image, moi et mes cheveux châtains, mon sourire frénétique, mon chemisier bien repassé, lui et son pantalon beige, ses chaussures bateau, son front soucieux, ce que nos deux corps côte à côte révélaient de notre mariage, de notre rencontre, de là où nous habitions, de ce que nous faisions au lit, de la façon dont il empoignait mes fesses, de son œil rond de reptile fixé sur le mur derrière mon crâne tandis qu'il enfonçait le menton dans l'oreiller. Et puis Hugues s'est tourné vers son voisin de gauche. Il ne restait plus que moi, c'était à moi que l'étudiant devait parler. *Bonjour, je m'appelle Nicolas et je prie pour que ma copine retrouve le chemin de la foi*, m'a-t-il murmuré. *Et toi ?*

François-Joseph avait déjà été immergé, le premier des sept enfants vêtus de blanc à être baptisés en cette matinée, le plus jeune – « Bertrand tient à ce que ce soit fait pendant son premier mois », m'avait dit Clémence au téléphone, avec ce ton penaud qui caractérisait à présent nos relations, maintenant que nous ne nous parlions plus qu'au téléphone, que nous ne partagions plus le même air en mangeant, dormant, hurlant des chants scouts sous la douche –, la messe touchait à sa fin, deux heures pour célébrer la gloire du Fils vraiment ressuscité, les bras écartés et relevés à la hauteur du visage, les mains ouvertes comme pour accueillir la pluie, une mousson régénératrice, le sacrifice du Roi d'amour déposant son limon sur nos arides terres pécheresses, les bébés pleuraient, les gens applaudissaient, les bébés étaient faits enfants de Dieu, frères de Jésus, alléluia, et Hugues et moi, raides devant notre banc, impuissants entre les mains de notre Créateur. L'intention de prière est sortie de ma bouche comme un rot.

Que les filles arrêtent de toutes tomber enceintes.

J'ai rencontré Hugues dans un bal, comme une princesse, ou comme une souillon momentanément transformée en princesse par une bonne fée. Depuis toute petite – je ne me souviens pas d'une époque où je n'aurais pas eu cette obsession –, depuis toute petite, je rêve du prince charmant. Et je suis encore frappée, quand je retombe sur certaines photos de notre mariage, par la ressemblance entre Hugues et Éric, le beau navigateur sauvé du naufrage par Arielle, la petite sirène. Comme lui, Hugues portait une veste à épaulettes frangées et un pantalon à galon. Comme lui, il a des cheveux noir de jais et une mâchoire puissante, trouée d'une fossette sur le menton.

Passé l'âge où je ne pouvais décemment plus sucer mon pouce devant un Walt Disney – et Dieu sait que cet âge fut tardif, avantage d'être l'aînée d'une fratrie de filles –, le plaisir des dessins animés a été supplanté par l'attente d'une échéance brandie dès mon entrée à la Légion d'honneur. *Le Triomphe.* Le mot courait sur toutes les lèvres et il désignait autant un lieu qu'une tradition, une date, immuable, figée, aussi indiscutable que l'événement historique qu'elle commémorait, à la fois point de départ et destination, origine et avènement, le *Triomphe*, une sorte de métonymie, ou bien de synecdoque, je ne sais plus, j'ai beau avoir une licence de lettres modernes, je m'y perds, dans les figures de style – le Triomphe nous attendait à la fin du lycée, plus solennel encore que le bac ou le premier bulletin dans l'urne, et sa simple évocation suffisait à nous donner des envies de robe, de bustier, de taille de guêpe, de virginales perles aux oreilles. Nous étions toutes des Cendrillon, nous avions toutes besoin de mettre notre pied dans la pantoufle de vair – davantage besoin qu'envie, finalement. Le Triomphe, parmi les filles que je côtoyais, était un passage obligé et personne ne prenait la peine de souligner à quel point son existence même était liée à la rigueur d'une tradition militaire ; les codes de l'armée infusent en nous depuis toujours, tout, dans notre monde, doit son existence au drapeau. Le Triomphe nous attendait, avec ses sabres, ses shakos, son dance floor embrumé. Les aînées qui y avaient été n'en faisaient circuler que de rares photos, elles taisaient les détails, elles avaient franchi le Triomphe comme on traverse un miroir, elles étaient passées de l'autre côté, en étaient ressorties adultes et mutiques, fiancées. Nous avions tété les codes de l'armée en même temps que le lait de nos mères, nous connaissions notre destinée, le Triomphe, nous allions recevoir l'invitation pour acheter notre place, nulle inquiétude à ce sujet, nous avions suffisamment de cousins, d'oncles, d'amis de la famille, de grands frères de camarades de dortoir pour nous coopter, et cette destinée était tout ce à quoi nous pouvions rêver, année après année, une édition de plus, un bal du Triomphe de moins nous séparant du nôtre, notre tour allait venir, c'étaient nous les soldates, eux porteraient le casoar et les gants blancs, auraient les tempes et l'arrière des oreilles bien dégagés, ils tireraient sur le tonneau au canon au moment d'être faits officiers, comme le veut la tradition, mais c'était nous, la chair de ce Triomphe. La leur, bientôt. Je n'attendais que ça.

Beaucoup des pensionnaires étaient filles de militaire ou de haut fonctionnaire, c'est l'avantage de la Légion d'honneur, mélanger les descendantes de colonel et les arrière-petites-filles de tirailleurs sénégalais. Bien sûr, l'école n'est plus ce qu'elle était à l'époque de sa création, quand Napoléon a voulu offrir des Maisons d'éducation aux petites pupilles de la Nation. Aujourd'hui, certaines filles sont acceptées grâce à un père chef d'entreprise, à un grand-père résistant, chercheur, diplomate – grâce à une mère, même, parfois, pourvu qu'elle ait été décorée de la rosette. Je n'ai jamais fréquenté ces élèves-là. Mes copines à la Légion d'honneur s'appelaient Philippine, Bérengère, Marie-Laure, Mahault, Hortense. Clémence est la fille d'un général de brigade en deuxième section, Marie-Laure du préfet de la Haute-Loire. L'arrière-grand-père d'Hortense était un proche du général de Gaulle. Moi, j'ai longtemps porté bon-papa dans mes prières, le père de maman, général de brigade lui aussi, mort quand j'avais cinq ans. C'est grâce à lui que j'ai pu étudier dans cette école, et maman et toutes ses sœurs avant moi, et mes cinq sœurs après moi. Sans lui, je n'aurais jamais rencontré Hugues. Je ne prie plus pour le salut de son âme, désormais.

Sans lui, je ne serais pas montée dans cette Clio, un matin de juillet, après avoir patienté une éternité sur un bout de trottoir de la porte Dauphine, observant le ballet des touristes manœuvrant leurs valises cabine jusqu'aux soutes des navettes pour l'aéroport de Beauvais, si excitée par l'échéance, si affaiblie par ma nuit d'angoisse à l'idée de ne pas entendre mon alarme, de ne pas réussir à convenablement vider mes entrailles avant mon départ, de me réveiller cernée avec un bouton sur le visage, que regarder ces étrangers s'affairer avec énergie, accompagnés de l'opiniâtre pépiement des oiseaux, me semblait le seul moyen de me reconnecter au monde alentour, de me rappeler que j'étais bien là, grelottant en plein été dans ma jupe en lin et mes tropéziennes, que nous partagions cette Terre même si j'étais promise, moi, à une plus grande destinée qu'eux, avec leurs casquettes, leurs baskets, et leurs vulgaires sacs banane, car l'histoire avait prévu de me donner un rôle à plusieurs centaines de kilomètres d'ici, sur la péninsule bretonne, dans la ville de Guer-Coëtquidan.

Je n'aurais pas sursauté au son d'un bref klaxon, sans mon grand-père, ne me serais pas laissé tomber sur la banquette arrière, le cœur battant, en fourrant entre mes jambes mon sac 24 heures imitation Longchamp. Je n'aurais pas passé le trajet à regarder le paysage défiler par la vitre, dépouillée de toute sensation physique, ni faim, ni soif, ni mouvement gastrique, prête à enfin monter sur scène après avoir passé ma vie en coulisses, incapable de rire aux plaisanteries de mes comparses – Clémence au volant, Philippine à la place du mort, sa cousine à ma gauche –, refusant le café sur l'aire de repos, les madeleines en sachet, toute concentrée sur cet organisme qui semblait enfin bien vouloir obéir à mon contrôle, et disparaître, s'effacer, se mettre en suspens jusqu'au moment où il deviendrait la chair de quelqu'un d'autre. J'avais vingt ans depuis six mois et sans mon grand-père militaire, sans ce patriarche dont les souvenirs réels avaient été depuis longtemps supplantés par sa photo en uniforme sur le perron de l'ancien château familial, raide, le menton fuyant, les yeux rapprochés, le nez fort des Rivoire-Saint-Michel, je n'aurais pas traversé ces quelques heures de voyage et de préparatifs si absorbée, dans un état de recueillement que je n'avais jamais atteint pendant mes chemins de croix ou mes nuits d'adoration du Saint-Sacrement. Après tout, nous nous rendions juste à une grosse soirée étudiante. Philippine rencontrerait son mari deux années plus tard, pendant un pèlerinage, Clémence éconduirait le garçon avec qui elle danserait la majorité de ses rocks ce soir-là. Mais moi, j'étais Agnès Plée, ma mère n'avait pas réussi à nous transmettre sa particule, son château familial avait été démantelé, parcelle après parcelle, moulin après bergerie, corps de ferme après prieuré, chapelle après orangerie, jusqu'à ce que le mari de sa sœur se porte acquéreur de la maison principale, papa ne pouvant se le permettre, et là où elle avait échoué, j'allais triompher.

Sous le faible jet de la douche, dans le Airbnb miteux que nous avions loué toutes les quatre à Ploërmel, je me suis frictionnée en insistant sur les recoins, le pavillon de l'oreille, chaque orteil, tout ce qui se passe entre les fesses, je me suis rasé les jambes, les aisselles, me suis rendue douce des pieds à la tête, sauf là, bien sûr, sous le nombril. Là, je n'utilise jamais que des bandes de cire froide pour dégager les échancrures du maillot de bain. Mais il n'est pas impossible que j'aie utilisé des bandes de cire froide ce jour-là. J'ai peur, en fait, de me souvenir que j'en ai bien utilisé, que je me suis refusée à l'idée d'enfiler ma belle tenue par-dessus une culotte débordant de poils. Je n'avais aucune intention de la soulever, je n'allais pas au Triomphe pour m'humilier, j'allais au Triomphe pour triompher, je n'étais pas comme maman, pauvre maman. Mais j'ai tort de mêler maman à cela. De la rendre responsable de ce pour quoi je me retrouve face à vous aujourd'hui. J'étais déjà coupable, rongée par la faute. La preuve, je me suis épilé le maillot. Évidemment que je l'ai fait. Évidemment que ma robe, je ne rêvais que de la soulever.

Et puis j'ai passé mes deux bras dans l'habit. Il n'y a qu'une autre séance d'habillage que je me rappelle avec autant de gravité, c'est celle de mon mariage, deux ans plus tard. Pourtant, ce jour-là, à Ploërmel, ma robe ne valait pas grand-chose. Maman avait bien voulu m'aider pour le trajet et la location du Airbnb, mais je devais me satisfaire des vêtements et chaussures disponibles à la maison. Les escarpins ne manquent pas chez nous, ceux des rallyes, ceux des cérémonies de la Légion d'honneur, ceux des mariages, mais ils sont tous mal ressemelés, grisés aux pointes, révélant la couche synthétique sous le faux nubuck. Pareil pour les robes. J'ai passé plusieurs semaines avant le bal à reprendre l'ourlet d'une robe de soirée en soie sauvage que j'avais déjà portée au mariage d'une cousine et à celui d'Olivier, le plus jeune frère de maman. Sixtine m'avait proposé de me prêter l'une des tenues de soirée qu'elle s'achète en douce au Zara de Parly 2, mais je n'avais pas envie de confronter mon reflet dans la glace aux souvenirs de ma sœur pirouettant pieds nus dans une robe synthétique en sequins au beau milieu d'un salon versaillais. Alors j'ai revêtu ma robe vert émeraude, ceinte à la taille, deux larges bretelles croisant à angle droit la ligne chaste de l'encolure, j'ai rangé mes cheveux derrière le serre-tête assorti, chaussé mes escarpins par-dessus mon collant chair, attrapé ma pochette en similicuir, vérifié la position de ma médaille de baptême sur le blanc plateau de mon sternum et je ne sais pas, j'ai dû me rasseoir à l'arrière, l'estomac toujours noué, et nous avons roulé jusqu'à l'académie militaire, garé la Clio de Clémence à côté d'autres Clio, de C2, de Ford Fiesta, des petites voitures de rien du tout aux pare-brise crottés, des citadines tapissées de tracts de La Manif pour tous, et puis nous avons piétiné avec d'autres prétendantes sur l'allée de planches clouées au sol pour l'occasion, montré le carton aux cerbères de l'entrée, jaugé nos rivales, passé le goulot d'étranglement du vestiaire et déboulé dans la grande salle des fêtes balayée par des spots dont les faisceaux ne rencontraient encore aucune résistance avant d'aller nous terrer au fond, intimidées par l'immensité de cet espace vide et tous ces ronds lumineux qui semblaient faire de nous des cibles, nous collant au bar sans oser lever la voix pour commander aux serveurs un verre de quoi que ce soit, guettant l'arrivée des nouveaux officiers, les pieds déjà endoloris, la petite pochette au bout d'une main encombrante et inutile, la peur et l'espoir, et eux, débarquant enfin, coiffés de leur képi à plume, les épaules ornées d'une frange rouge, souriants et guerriers, les tempes rases, le visage tendu trahissant tout à la fois le soulagement, le trac, la fierté, l'appétit. En quelques minutes, la salle était comble. En quelques heures, mon destin était scellé.

Quand nous nous sommes rencontrés lundi, vous m'avez promis que vous n'essaieriez pas d'orienter ma décision, que j'étais la seule à pouvoir choisir de m'infliger la pénitence. C'est sur la foi de cela que je suis revenue aujourd'hui. Cependant vous devez m'assurer qu'Hugues ne saura jamais ce que je vais vous confesser. Jamais, d'accord ? Vous lui mentirez, s'il le faut ? Moi, je sais mentir, j'ai l'habitude, désormais ; il y a longtemps que je ne m'astreins plus à faire à mon mari un méticuleux compte rendu de mes journées.

Les premiers mois de notre vie conjugale, à Bayonne, cela me semblait tellement irréel de pouvoir communiquer avec lui sans limitation après ces deux interminables années à attendre, sa demande en mariage puis le jour J, que je n'arrêtais pas de parler. Je notais pendant son absence les choses que je voulais lui dire et que j'avais peur d'oublier d'ici son retour, un article lu sur Internet, une dépêche entendue à la radio, une escarmouche téléphonique avec une de mes sœurs, un projet pour les vacances.

Nous habitions un trois-pièces au plan tarabiscoté dans le quartier Saint-Esprit, avec une cuisine séparée du reste de l'appartement par un long couloir. Chaque soir, je mettais un point d'honneur à servir le dîner dans le salon, bondissant pour aller chercher le sel ou la mayonnaise manquante avant même qu'Hugues n'ait eu le temps d'en constater l'absence à voix haute. Parfois nous laissions en fond sonore la télé, posée sur un meuble imitation scandinave que j'avais acheté au retour de notre lune de miel en Sicile. Le mobilier d'Hugues était tellement spartiate avant que nous emménagions ensemble. J'étais fière de donner une âme à ce logis qu'il avait loué à la va-vite, en attendant de pouvoir prétendre à un logement de fonction et à ses mètres carrés par occupant réglementaires ; fière de mes trouvailles décoratives, ce miroir psyché acheté sur leboncoin, cette marine soustraite au couloir du deuxième étage de la maison de mes parents à Montigny, ces quatre lettres en béton posées sur un rayon de la bibliothèque, L, O, V, E, entre mes Saint-Exupéry et ses biographies de Napoléon, ce dessus de radiateur entièrement dédié aux faire-part et aux photos de mariages des copains. Même notre coin adoration avait quelque chose de cosy et d'éclectique, avec son pouf en fausse fourrure, son autel que j'avais fabriqué moi-même à partir d'une palette en suivant un tuto sur YouTube, et le rustique crucifix en olivier rapporté par Hugues de son pèlerinage en Terre sainte – j'étais fière que le partage entre nos deux territoires de compétences soit si net et incontestable. C'était moi qui m'étais occupée de mettre au point la liste de mariage, me contentant du grognement d'approbation qu'Hugues voulait bien me lâcher au téléphone satellitaire, les rares fois où je pouvais le joindre pendant ses missions au Sahel. Son imperméabilité aux questions esthétiques me flattait et me rassurait en même temps : il ne m'avait pas choisie parce que mon physique répondait à un cahier des charges – quelque chose en moi l'avait attiré au-delà de ma taille de bonnet ou de la couleur de mes yeux, un charme irrésistible, une beauté à la fois intérieure, immatérielle, pure en quelque sorte. C'est ce que je me racontais, du moins.

Parfois, donc, nous dînions avec la télé allumée – si c'était *Top chef*, nous nous accordions carrément le plaisir d'un vrai plateau-télé –, mais la plupart du temps, quand Hugues rentrait pour trouver la table mise et l'atmosphère emplie d'un bon fumet, nous nous contentions de manger l'un en face de l'autre dans le silence relatif de notre résidence années 1970, indulgents envers la vieille dame du dessous écoutant le JT à plein volume, attendris par les piétinements frénétiques des bambins du dessus, tels les deux jeunes mariés encore curieux l'un de l'autre que nous étions alors, confiants dans l'avenir.

Hugues mangeait vite, les sourcils froncés, concentré, les coudes sur la table, sauçant si bien son assiette que j'aurais pu la ranger telle quelle dans le placard – boutade que je ne me privais pas de lui resservir, honorée et enjouée, quand je le voyais relever la tête en soupirant comme après un effort et poser brutalement son couteau et sa fourchette en travers de la porcelaine immaculée. Il y avait quelque chose dans l'appétit d'Hugues, dans cette approche méthodique de l'assiette, cette exhaustivité conquérante – jamais il ne me laisse une fibre de haricot vert ou un bout de couenne –, cette absence de chipotage dont je pense qu'elle remonte à bien avant son engagement militaire, qui ne cessait de m'émerveiller. De m'émoustiller, même. Je l'associais à l'empressement dont il faisait preuve, quelques heures plus tard, quand il exigeait d'un air faussement bourru que j'enlève sur-le-champ tous mes vêtements parce qu'il n'était pas fichu de se dépatouiller avec les agrafes de mon soutien-gorge. J'en suis revenue. Mais j'étais béate, à l'époque, et je me revois encore, l'observant avec admiration tandis que je picore un morceau de gigot du bout de ma fourchette et qu'il m'explique en quoi la récente prise de parole du pape François témoigne d'un fâcheux ramollissement moral. Nous avions le temps de refaire le monde, le temps et l'envie. Nous savions que ça n'allait pas durer, des enfants allaient arriver, et je savourais ce sursis.

Mais ce que j'aimais le plus, dans ma nouvelle vie, c'était dire « mon mari » : « Je cherche un cadeau pour mon mari », « Agnès Lanafoërt à l'appareil, est-ce que vous pourriez me passer mon mari ? », « Mon mari arrive », lorsque le serveur me demandait si je voulais commander alors que je contemplais le coucher de soleil sur une terrasse de la place des Basques en attendant de voir Hugues se faufiler entre les tables, ses lunettes miroir sur le nez, son cou tanné par le soleil, brun, trapu, en polo et short beige, la poche grossie par son trousseau de clés. Nos clés. « J'ai préféré rentrer me changer », me glissait-il en s'asseyant, posant déjà son téléphone sur la table. Hugues devait rester joignable, notre agenda était soumis à d'incessants bouleversements. Mais je savais qu'il aurait été malvenu de m'en plaindre, et puis chaque séparation me faisait l'effet d'une trêve, un moyen de recharger mes batteries pour repartir gonflée à bloc, invincible sur le front de notre amour, puissamment désirable. Lui avait été envoyé en Opex, il en revenait épuisé, le visage brûlé par le soleil, à l'exclusion de la marque de ses lunettes, plus affamé que jamais, de mon gigot, de moi, il était mon guerrier, mais dès son retour, tandis que je mettais ses treillis à laver à 90 pour faire partir des taches dont je n'essayais même pas de deviner l'origine, c'était moi qui prenais les armes.

Bien qu'Hugues ne m'y ait jamais incitée, j'avais envie d'occuper mes journées de manière productive, d'avoir des choses intéressantes à lui raconter. Je m'étais créé un profil sur un site de professeurs particuliers mais je paniquais dès qu'une demande concernait un élève de plus de quinze ans. N'ayant pas terminé mon mémoire de master 1, je ne me sentais pas légitime pour faire réviser le bac français.

J'ai aimé, pourtant, mes quatre années de lettres, surtout les cours d'ancien français. J'avais la sensation d'apprendre à parler la langue de mes ancêtres, ces chevaliers au nez protubérant, ces marâtres figées sous plusieurs couches de peinture à l'huile dont les portraits trônaient dans le salon de Montigny, entre la vitrine en contreplaqué et la vieille armoire normande. Mais je n'ai jamais considéré sérieusement la possibilité de devenir enseignante. La vie m'a donné raison, j'ai épousé Hugues à la fin de mon master 1, j'ai abandonné la rédaction de mon mémoire sur le secret dans *Lancelot en prose*, mes parents n'ont pas spécialement tenté de m'en dissuader, Hugues non plus, je devais déjà le suivre à Bayonne. Personne n'avait de doute sur la nature du vrai travail auquel j'étais destinée.

La plupart de mon temps était donc rempli par des activités bénévoles. Constance de Vaubricourt, une des militantes que j'avais fréquentées à La Manif pour tous, m'avait mise en contact avec la cousine d'une amie à elle dont le mari était affecté à la même unité qu'Hugues. Nous avions pris un café à mon arrivée à Bayonne, en septembre, alors qu'Hugues était envoyé en manœuvre pour quelques jours. Domitille était enceinte jusqu'aux dents, elle avait déjà deux petits garçons, les yeux cernés, une vieille teinture blonde qui laissait apparaître la racine brune de ses cheveux sales, une besace Longchamp, des tennis Bensimon et un jean muni d'un élastique sur le ventre, moulant aux cuisses, pendant aux fesses, dont la simple vue aurait suffi à quiconque pour éprouver dans sa chair tout l'inconfort de la grossesse. Nous avons passé trois heures à papoter derrière nos lunettes de soleil, le bas de nos pantalons relevé pour faire bronzer nos chevilles, comme si nous nous connaissions depuis toujours. Et d'une certaine façon, c'était vrai, nous nous connaissions depuis toujours. Domitille avait vécu une grande partie de son adolescence entre les garnisons de Madagascar et de la Côte d'Ivoire, et c'était pour ça, simplement, que nous n'avions pas été amenées à nous côtoyer à la Légion d'honneur – ça, et le fait qu'elle avait cinq ans de plus que moi. Nous avions une infinité d'amis, de goûts, de causes en commun.

Pour moi qui découvrais la vie d'épouse, ainsi qu'on nous appelle, nous, les femmes de militaire, Domitille était la meilleure guide. C'est elle qui m'a introduite dans la pastorale de Notre-Dame, elle qui m'a conseillé de privilégier le père Xavier pour mes serments de réconciliation plutôt que le vieil abbé Bertrand, dur de la feuille. Elle qui m'a mise en garde contre les regards lubriques du commandant, les tarifs excessifs du boucher de la rue du Téné, l'innocente tentation que j'aurais pu avoir de vouloir me lier d'amitié avec les épouses des hommes que commandait mon mari. Elle qui m'a appris, mieux que ma mère – comment l'aurait-elle pu, elle qui avait écopé d'un pharmacien –, qu'en épousant un saint-cyrien j'étais rentrée moi aussi dans la grande famille de l'armée et que j'avais un honneur à défendre. Aujourd'hui, elle s'apprête à partir aux États-Unis avec toute sa nombreuse famille. Ce n'est pas elle qui me l'a dit, je l'ai vu sur Instagram. Elle a essayé de me joindre à plusieurs reprises ces derniers mois, mais je ne l'ai jamais rappelée. Pas depuis ce que j'ai fait. Elle entendrait ma faute percer à travers les trous du combiné.

Domitille m'a parlé d'Écoute-Avortement dès notre premier café au soleil. Je connaissais l'association de nom, bien sûr, l'intrépidité de ses actions digitales qui défiaient la mainmise de l'État sur l'utérus des femmes en tentant de sauver le plus de vies possible. Domitille avait envie de faire vivre Écoute à Bayonne, avec recrutement sur place, tractage, collage de stickers et pochoirs au sol, sensibilisation dans les paroisses, topos aux élèves des écoles privées et aux groupes de jeunes chrétiens, chapelets collectifs et chaînes de prière pour les âmes des enfants assassinés. Quand je repense à mon aplomb d'alors, à la rapidité avec laquelle j'ai accepté de me lancer dans l'action, inauguré un fichier Excel avec les coordonnées des sympathisants, ouvert une cagnotte en ligne, j'ai toujours du mal à y croire, du mal à concevoir que j'étais cette personne-là. Mais la rencontre avec Domitille m'avait instantanément mise en confiance, son physique déjà éprouvé, ses boucles d'oreilles fantaisie, nous étions à des centaines de kilomètres des joutes verbales de la capitale, très loin de Paris et de ses armées de veilleurs plantés comme des arbres devant l'Assemblée nationale. Ici, dans le Pays basque, je pouvais avoir un vrai rôle à jouer. Je n'avais pas vingt-trois ans, j'étais jeune, encore mince – tellement mince, comparée à Domitille, tellement plus jolie qu'elle –, mariée avec un officier d'infanterie promis à l'état-major. Je pouvais bien mener mon grand combat.

J'aurais pu me contenter de rejoindre le parcours Alpha de la paroisse locale. Ou nous inscrire, Hugues et moi, aux Équipes Notre-Dame. Mes parents nous avaient spécialement invités à dîner au retour de notre voyage de noces pour nous faire la réclame de ce mouvement d'accompagnement des couples mariés, supposé les aider à progresser ensemble dans la foi. Les Équipes leur avaient permis de surpasser les obstacles de la vie, avaient-ils dit avec ce masque figé, crispé au point d'en paraître presque souriant, qu'ils revêtaient dès qu'ils voulaient faire allusion à Pierre-Louis, mon petit frère mort à deux ans d'une très rare malformation cardiaque. Il n'est pas bien vu de s'apitoyer sur son sort chez nous. Au contraire, la mort de Pilou a toujours été présentée comme un jalon sur le chemin spirituel de mes parents, une chance – un cadeau. Quand mon père est invité à témoigner pendant les sessions d'été de la communauté de l'Emmanuel à Paray-le-Monial, qu'il monte sur la scène en faisant « allô allô » dans le micro et que son image agrandie, ses épaules voûtées, son cou de vautour, se retrouvent à occuper les quatre mètres carrés de l'écran géant derrière lui, il finit toujours par dire que la perte de son seul fils l'a replongé dans l'eau vive, que c'est quand Pilou a été rappelé auprès de son Créateur qu'il a décidé que sa foi devait orienter sa vie professionnelle, et non l'inverse.

Lorsque j'ai appris cela à Hugues, que papa refusait de vendre la pilule du lendemain, qu'il était devenu objecteur de conscience en 1997, quelques semaines seulement après la mort de son quatrième enfant, cela faisait six mois environ que nous nous fréquentions, nous nous étions déjà embrassés avec la langue. J'avais eu envie de le lui dire au Triomphe quand il était sorti fumer – il prétend avoir cessé, maintenant, même s'il m'est encore arrivé la semaine dernière de trouver un briquet dans l'une de ses poches – et que je l'avais accompagné à l'extérieur de la salle des fêtes, grelottant dans mes escarpins, et qu'il avait posé sa veste d'uniforme sur mes épaules, ce qui avait peut-être accru mon grelottement. Mais j'avais été incapable d'aligner trois phrases sensées, c'était tout juste si j'étais parvenue à lui préciser mon âge, mon lieu de résidence et le nom de la personne qui m'avait permis de m'acheter une place. Je ne m'étais jamais retrouvée autant de temps seule avec un garçon. J'avais envie de pleurer et de rire en même temps. Et comment aurais-je pu prononcer les mots aussi inconvenants, presque obscènes, « pilule du lendemain » ? Nous avions passé la majeure partie du temps à ricaner aux pitreries que faisaient à quelques mètres de nous d'autres jeunes officiers peu résistants à l'alcool. Hugues était aussi intimidé que moi, je le sais maintenant, il avait perçu lui aussi le caractère inéluctable de notre rencontre. Nous avions hâte de retourner danser. Nous ne faisions même pas semblant de nous mettre en quête d'un autre partenaire à la fin de chaque chanson.

Peu à peu, j'ai appris à me contrôler, à soutenir son regard plus de quelques secondes d'affilée, à ne pas monter quatre à quatre les étages de Montigny pour me terrer dans ma chambre, le cœur battant, dès que je voyais son numéro s'afficher, à ne pas avoir besoin de dire, moi aussi, « allô allô » avant d'oser décrocher. Un mois après notre rencontre, il était parti s'installer à Draguignan, où il était inscrit à l'école d'infanterie. Nous nous étions revus une seule fois entre-temps, un rendez-vous à Montparnasse à la croisée de nos trajectoires estivales, moi qui devais monter dans un train pour rejoindre ma tante, mes cousines et deux de mes sœurs à Saint-Lunaire, lui qui allait aider ses parents installés à Brive, une femme au foyer et un patron d'une entreprise d'assurances, officier de réserve, à rénover le vieux corps de ferme qu'ils venaient d'acquérir pour y héberger à toutes les vacances leur descendance exponentielle, avant de partir marcher deux semaines sur le chemin de Compostelle avec les anciens membres de sa patrouille de Scouts d'Europe.

Il portait un short beige, des chaussures de randonnée, un énorme sac à dos cliquetant d'une abondante quincaillerie et qui semblait, sur ses épaules, ne peser que quelques grammes. Alors que nous nous apprêtions à nous faire la bise pour nous dire au revoir, sa bouche avait dérapé, je l'avais compris d'une manière abstraite, conceptuelle, comme détachée de mes sensations. Je suis incapable de me souvenir si nous avons échangé de la salive, si c'était froid, chaud, doux, je me souviens simplement de m'être dit : Ça y est, ses lèvres ont dérapé, à croire que c'était une étape que j'attendais, un épisode de notre relation naissante auquel j'étais théoriquement préparée. J'ai éprouvé la même chose, deux ans plus tard, la nuit de notre mariage.

Après l'été, nous avons continué à nous voir, ses lèvres ont cessé de déraper pour venir résolument se poser sur leur cible, et six mois plus tard, sur une banquette capitonnée d'une brasserie de la gare de Lyon, à l'abri des regards dans l'arrière-salle, alors que nous ne faisions rien de répréhensible, je lui ai parlé de mon père. « C'est aussi grâce à ses actions que j'ai choisi de rejoindre La Manif pour tous. Papa nous a sensibilisées au droit des plus faibles, avec son combat pour la Vie », ai-je dû dire. Il m'a alors pris les mains et, sans cesser de me regarder dans les yeux, a posé sur mes cuisses nos quatre poings entremêlés. Cette sensation-là, je n'ai aucun mal à me la rappeler. Il me semble ressentir encore la brûlure de ce contact sous la toile de mon pantalon, irradiant jusqu'à mon bas-ventre, lancinant comme une crampe. Hugues paraissait plus impressionné encore que lorsqu'il m'avait entendue vouvoyer mes parents au téléphone. À mon avis, c'est ce jour-là, quand il a su que papa mettait sa pharmacie en péril – je lui avais parlé des plaintes de la clientèle, des menaces du Conseil de l'ordre, des articles dans *Le Parisien Yvelines*, tout ce qui permettait de rendre mon père héroïque – qu'il a pris sa décision. Si ça se trouve, c'est grâce à mon père que nous sommes mariés aujourd'hui. À cause de lui, plutôt. Oui, vous allez croire que je passe mon temps à essayer de rejeter la faute sur quelqu'un d'autre. D'abord mon grand-père, maintenant mon père. Et ma mère, qui l'a laissé faire. Mais je ne serais pas face à vous si je n'avais pas conscience de mériter mon châtiment.

Je viens d'une faute. Personne ne me l'a dit mais j'ai l'impression de l'avoir toujours su. De la voir écrite sur le front ridé de maman chaque fois que je lui parle seule à seule. De la voir peser sur les épaules étroites de papa chaque fois que je le regarde s'agenouiller pour recevoir le corps du Christ. J'ai été conçue hors mariage par deux étudiants inscrits à la même aumônerie de Versailles. Maman avait tous ses quartiers de noblesse, comment aurait-elle pu se satisfaire d'un apprenti pharmacien comme Bruno Plée, un fils de directeur commercial, recalé deux fois au concours de médecine ? Pourquoi l'aurait-elle épousé, sinon à cause de moi, tapie dans son ventre ? Pourquoi aurait-elle si facilement renoncé au mariage en grande pompe au profit de ces noces discrètes en robe ample, loin de la saison des mariages, cette journée maussade qu'une seule photo commémore, un demi-A4 dans un cadre doré posé sur le guéridon de l'entrée de Montigny, à l'endroit où toute la famille abandonne ses clés, ses mouchoirs, ses tickets de caisse chiffonnés sans plus prêter attention aux deux grands adolescents à l'air pataud debout devant le portail d'une église, regardant presque inquiets la pluie de riz figée au-dessus de leurs têtes comme une menace ?

Je n'en ai jamais parlé qu'à Sixtine, je ne sais pas si mes autres sœurs sont au courant. Quitterie est trop petite, c'est à peine si elle connaît la façon dont on fait les bébés, elle n'a toujours pas ses règles, n'a pas encore eu le droit à son exemplaire de *Trésor de filles*. Les autres, Odile, Marie-Liesse et Bérengère, ont peut-être compris en calculant sur le livret de famille les mois qui séparent la date du mariage des parents et celle de ma naissance, six seulement, ou bien se sont-elles contentées de saisir les cruelles allusions de bonne-maman. Elles ne doivent pas y penser autant que moi, qui ai l'impureté de ma mère inscrite dans le sang.

Je dois être la seule à visualiser mes deux parents ahanant sans grâce sur un lit une place, dans une chambre étudiante, ou bien contre la gazinière d'une kitchenette, dans les toilettes d'un train-couchettes pour Lourdes, ou même dans une sacristie – mon Dieu, je ne sais pas d'où me viennent toutes ces images, alors que maman est raide et molle à la fois, poitrine tombante, fesses plates, hanches larges, que papa est étroit, sec, peu poilu, comment son désir pour elle aurait pu être si puissant, puissant au point d'emporter toutes les digues, leur religion, leur appartenance sociale, leur timidité, comment auraient-ils pu, comment auraient-ils pu copuler de la sorte, c'est impossible, je le sais, et pourtant, j'existe, je suis la preuve vivante de la faute de mes parents, mais je ne suis pas que ça, je suis aussi la preuve que la vie l'emporte toujours, même quand elle a jailli sans prévenir, surtout dans ces cas-là, d'ailleurs, quand elle s'est révélée indomptable et opiniâtre, aussi peu déracinable qu'une pulsion, je suis la preuve que la vie gagne toujours, la Vie, je suis la preuve de la vie, et c'était ce que je disais pendant des années, c'était mon argument préféré, ma botte secrète dès que je quittais mes parents, dans les manifs, au téléphone, sur Internet, sur les forums, la Vie. Je prenais un ton de confidence, esquissais un sourire de connivence. « Il faut que je vous avoue quelque chose. Quand ma maman était très jeune, elle a été surprise par la Vie, ni papa ni elle ne l'avait prévu… » La Vie. Mais je suis aussi la faute, le retard de règles, le péché originel. Et c'est vers cette hydre qu'Hugues a tendu ses gants blancs. Je ne sais pas à partir de quand il l'a regretté.

Au début, mon engagement auprès d'Écoute-Avortement faisait sa fierté. Déjà, pendant notre année de fiançailles, alors que j'étais encore étudiante à la fac de Nanterre, Hugues me poussait à me voir comme une missionnaire envoyée en terrain hostile, dans des amphis remplis d'étudiants chevelus et de filles au cartilage percé, de femmes voilées. Puis je l'ai rejoint à Bayonne, et mon combat s'est poursuivi sous une nouvelle forme. À chacun son champ de bataille : le mien se déployait désormais entre les quatre murs de notre appartement. Tous les soirs, quand il n'était pas envoyé en opération à l'autre bout de la planète, Hugues présidait le conseil de guerre. « Alors, aujourd'hui, combien tu en as eu ? » J'étais sa guerrière préférée.

J'ai envie de brûler les étapes, de vous raconter tout de suite le mariage de Marie-Astrid, il y a un an et demi, alors que nous avions quitté Bayonne pour aller vivre au Sénégal. Oui, pardon, c'est dur à suivre. Cela fait six mois que nous sommes arrivés à Montauban. Avant, nous avons passé deux années en Afrique noire. Je ne peux pas procéder dans l'ordre, la honte me revient par spasmes. Je sais que vous ne pourrez pas me donner l'absolution mais j'ai besoin de me libérer.

Nous étions revenus en France exprès. Ma cousine Marie-Astrid se mariait dans l'ancien château familial devenu propriété de son père, le mari de la sœur de ma mère, depuis que ce dernier l'avait racheté aux ayants droit. J'avais moi-même refusé d'y célébrer mon union avec Hugues. Tout me semblait indigne dans la perspective de convoler au cœur d'un château amputé, acquis par une pièce rapportée des Rivoire-Saint-Michel meilleure en affaires que mon père.

Le voyage s'était avéré houleux dès l'avion – et je ne parle pas des turbulences. Les turbulences, assise aux côtés d'Hugues, me rappelaient que j'avais épousé un héros. Me surprenant anxieuse, il m'en expliquait les raisons physiques – une histoire de traînée, de portance, de nuages qui roulaient sous la carlingue comme des graviers. J'étais rassurée par l'innocuité des trous d'air, je ne l'étais pas par celle de nos rapports.

Rien n'advenait, ni sur terre ni dans le ciel. La veille au soir, Hugues avait fait grincer les ressorts de notre lit pendant dix minutes que j'avais passées à imaginer ce que les voisins pensaient, en dessous, au-dessus, partout. « Les Lanafoërt, ils y sont encore allés, hier soir. » Je les entendais presque, le caporal au premier, avec sa locale d'épouse et leur petite métisse. Le brigadier-chef au troisième, célibataire géographique dont Hugues n'arrêtait pas de me laisser entendre qu'il était un sacré noceur et que sa femme restée en France avait du souci à se faire. « Et pourtant, ils y vont, les Lanafoërt ! Tous les soirs ou presque ! » Hugues laissait échapper un cri étranglé sans me regarder, le menton relevé comme mû par une force extérieure, les veines gonflées, et je songeais à leurs boutades affreuses. C'était dans ces moments-là, irradiée par la honte, physiquement remplie de toute cette honte, que je prenais la conscience aiguë d'avoir quitté la grâce de Dieu. Puis Hugues se retirait et je me retrouvais inerte sur le matelas, les jambes écartées et complètement engourdies, chacune pesant la moitié de mon poids, deux troncs morts. Et au milieu, une chaude coulure qui s'échappait de mes cavités. Mais Hugues ne se trompait jamais de trou, vous vous en doutez. Notre foi nous l'interdit.

Ce jour-là, dans l'avion, j'avais l'impression que le fond de ma culotte était encore mouillé, et cette sensation, la sensation de ce surplus la tapissant inutilement, m'évoquait un gâchis, je me reprochais de ne pas avoir relevé les jambes à la fin pour augmenter mes chances, d'avoir laissé ces deux troncs morts gésir sur le matelas, vaincus par la gravité, plutôt que de les redresser fièrement comme des poiriers ainsi que je l'avais fait pendant des mois après avoir lu cette astuce sur un forum, je m'en voulais et j'en voulais à Hugues de m'avoir infligé ce gluant déchet, de ne pas avoir respecté les recommandations que je n'avais pourtant même pas le courage de lui imposer (« le mieux est l'ennemi du bien, économisez vos vaisseaux. Pas plus d'une fois tous les deux ou trois jours ») et que je retournais les soirs où il rentrait à la maison trop éreinté pour me toucher (« il n'y a qu'une seule recette, et vous la connaissez : le sport en chambre ! »), je lui en voulais tout le temps et, dans l'avion qui nous ramenait en France pour ces trois jours de festivités à la fin du printemps, je n'arrêtais pas de fuir son regard, attendant qu'il se résolve à poser l'arrière de son crâne sur l'appuie-tête pour lui jeter des coups d'œil en douce, son profil rigide, ses paupières baissées, son menton obscène avec sa fossette exagérément creusée. Quelques mois après le baptême de François-Joseph, à l'issue de notre période bayonnaise, il avait fini par accepter de faire un spermogramme, de se « vider dans un pot » – « j'ai l'impression d'être un peu jeune pour aller me vider dans un pot », disait-il jusqu'alors avec un rictus, et comment vouliez-vous que je ne pense pas que c'était moi, d'habitude, le pot ? Sa semence, autant que mes ovaires, s'était révélée en règle, suffisamment vigoureuse. J'aurais dû lui en savoir gré.

Mes parents sont venus nous chercher à Roissy à notre arrivée, la veille du mariage. J'avais pris soin de mettre un tee-shirt moulant au-dessus de mon pantacourt afin de ne laisser aucune marge au doute, mais j'ai quand même surpris le regard furtif qu'a lancé maman en direction de mon nombril. C'était plus fort qu'elle. Nous ne nous étions pas vues depuis six mois et n'avions pas pour habitude de nous faire des confidences par téléphone. Après tout, rien n'était impossible. Si j'avais été elle, j'aurais peut-être moi aussi guetté le renflement révélateur. Mais je n'étais pas elle. À mon âge, elle était déjà enceinte d'Odile.

Trois de mes sœurs nous attendaient dans le Scenic familial et nous avons aussitôt pris la route pour la Bretagne, Hugues et papa à l'avant, discutant solennellement du sort de Vincent Lambert ou de celui de Notre-Dame, de l'impéritie du gouvernement supposé protéger les hauts lieux de la culture chrétienne, s'interrogeant sur les explications officielles, Mais enfin, sur du vieux bois dur comme la pierre, comment un mégot pourrait-il provoquer un départ d'incendie ? sans toutefois aller jusqu'à envisager l'addition volontaire de combustible, thèse qu'Hugues m'exposait sans vergogne dans l'intimité de notre foyer dakarois relié à la mère patrie par un cordon constamment irrigué d'enquêtes de *Valeurs actuelles*, de billets du Salon beige et de retransmissions de meetings de Sens commun, la voix d'Hugues dans la voiture juste une note plus grave que celle de mon père, son ton juste un peu plus véhément, et nous cinq, à l'arrière, maman feignant de somnoler mais hochant la tête en silence, sourcils relevés, paupières baissées, dès qu'un argument lui semblait irréfutable, Quitterie se disputant avec Bérengère l'utilisation d'un téléphone, Odile se forçant à donner l'impression qu'elle s'intéressait à la vie que je menais en Afrique, à l'école où j'allais régulièrement prêter main-forte, aux autres épouses du camp, m'obligeant malgré elle à l'interroger en retour sur le prestigieux doctorat de génétique qu'elle avait entrepris en plein milieu de ses études de médecine et sur l'existence monacale qu'elle menait encore à Montigny, alors que j'avais simplement envie que notre mère me déroule la liste des invités pour commencer à me préparer psychologiquement aux mauvaises surprises. Combien de futures mamans allais-je encore devoir féliciter ?

Le lendemain, après la nuit passée dans un hôtel du coin, le climat m'a paru presque plus étouffant qu'à

Dakar. J'avais passé huit mois en jupe légère et débardeur, je n'étais plus habituée à porter une ceinture, une veste, des boucles d'oreilles. Ni à voir autant de gens converger vers une église. Les trottoirs du village se remplissaient d'hommes en costume, de jeunes filles apprêtées, de dames au format tubulaire enroulées dans des tailleurs en soie sauvage, d'épaulettes rouges et de boutonnières dorées, de minaudières à strass déjà étrennées, de talons inconfortables produisant d'abrupts échos sur le bitume. Tout le monde avait l'air déguisé. Ou alors c'était le contraire : tout le monde avait l'air d'enfin porter des habits conformes à sa vraie nature.

Nous avions donné rendez-vous à Marie-Liesse et à Sixtine devant l'église, qu'elles avaient rejointe par leurs propres moyens depuis Poitiers où, parce qu'elles ne vivaient pas, elles, sous le joug d'un inflexible devoir d'aînesse, elles avaient eu l'autorisation d'aller étudier, la première en fac de psycho, la deuxième dans une coûteuse école de commerce pour laquelle ma mère n'hésitait pas à racler le fond du capital qui lui restait de la vente du château familial. Elles partageaient un petit deux pièces appartenant à une cousine éloignée de papa, l'une dormait dans la chambre, l'autre dans le salon, chacune sur son lit de 140, toutes deux maîtresses de leurs journées, matin, midi et soir, et cependant je continuais à parler de leur liberté comme d'une mollesse, de leurs fêtes étudiantes, de leurs pèlerinages à Lourdes avinés, de leurs groupes de prière mixtes, de leurs concerts de pop rock chrétien comme d'une soumission aux diktats de l'époque. Hugues trouvait louche que Marie-Liesse n'ait pas fait des pieds et des mains pour obtenir son invitation à la prochaine édition du Triomphe, que Sixtine soit revenue célibataire de celle de l'année dernière, et moi, je donnais à entendre l'écho de ses soupçons, j'interrogeais maman, je les mettais en garde en fronçant sévèrement mes sourcils.

Dès qu'elle m'a aperçue sur le parvis, Sixtine a accouru pour me prendre dans ses bras, à sa façon rien qu'à elle, sans retenue, sans me scanner du regard, une longue étreinte vigoureuse pendant laquelle je me suis immergée dans son parfum d'agrume, puisant dans ce contact l'énergie d'affronter le reste de la journée à ses côtés mais prédisant déjà combien ma cadette aurait plus à tirer que moi de notre juxtaposition. Elle était radieuse. Même un homme aussi hermétique aux critères esthétiques qu'Hugues était certainement obligé d'admettre que je faisais pâle figure auprès de cette robe en mousseline corail, de cette peau d'abricot, de cette couronne de fleurs se mêlant à l'or d'une chevelure déjà décoiffée. Mais j'ai toujours su la beauté volatile, toujours su qu'au bout du compte, quand nous nous retrouverons face à notre Créateur, seules nos actions seront jugées, pas nos dons.

La nuit m'avait fait du bien, je n'étais plus irritée par la physionomie de mon époux, je recommençais à voir en lui un allié, un compagnon d'infortune avec qui affronter les épreuves de la journée. Son uniforme Terre de France me donnait de la force, la sobriété du beige contrastant avec le lustre des fourreaux d'épaule et de la rangée de galons, le pantalon raide au pli, les chaussures impeccablement cirées, le képi sagement posé sur le banc. Mais surtout, une sensation s'est invitée pendant l'office, une humidité entre mes cuisses, un soudain mouvement de substance, comme si une partie de moi-même se détachait de sa matrice. J'ai su instantanément que la sensation n'avait rien à voir avec Hugues, qu'elle venait de moi, exclusivement de moi. À chaque cycle, je guettais ce signal. J'en avais lu d'infinies descriptions, j'avais même assisté à un webinaire consacré aux signes naturels de la fertilité. La glaire. Je savais ce que la glaire voulait dire, et ce que la glaire voulait dire, cette fenêtre de tir, ces vingt-quatre heures de signal passé au vert, m'a donné la force d'affronter les embrassades à la sortie de l'église et les « Comment vont nos Africains ? », les « On profite de la vie maritale ? », les regards encerclant ma taille comme un corset. Je faisais tout pour rediriger les conversations, louais la beauté de la cérémonie, une messe vraiment « très priante », une homélie inspirée, et le choix des chants, exquis, mais j'étais comme eux, moi aussi, je ne pensais qu'à ça. Je ne pensais qu'à ça et *ça*, pendant la messe, s'était manifesté.

Au vin d'honneur dans le jardin du château de mes ancêtres, je flottais. Soudain, Hugues me paraissait d'une beauté aveuglante, si dignement cintré dans sa veste à double poche par rapport aux autres jeunes hommes interchangeables, en costume marine, cravate en tricot et chaussettes colorées dans des souliers cognac, ces managers cupides, ces apprentis avocats, ces fils à papa inscrits en école de commerce. J'avais bu deux coupes de Vouvray à la suite, étais allée me réfugier dans les toilettes pour constater entre mes doigts la divine présence du limon translucide – j'étais toujours au pic de ma fertilité, le signal, d'un vert mûr, je n'avais plus qu'à me laisser cueillir –, m'étais retenue de ne pas parler à mon reflet dans le miroir. À mon retour sur la terrasse du château, Sixtine était en pleine conversation avec l'un de ces civils sans valeur et sans idéal, un grand brun faussement hirsute, sûrement trader ou consultant. Je la voyais rire en découvrant ses dents. À l'autre bout, mon officier de mari opinait gravement du chef face à un couple d'un certain âge, dans la file d'attente pour les mini-burgers. J'étais fière de mon mari, oui, fière de sa droiture. Je n'aurais jamais voulu d'un consultant comme père de mes enfants.

Le consultant était assis à notre table, que nous partagions également avec Sixtine et Odile. Il s'appelait Melchior d'Alayer de Castelnau, comme me l'a appris l'étiquette posée devant son assiette, et avait opportunément été placé à côté de Sixtine. Les deux n'ont pas cessé de discuter, même pendant le bénédicité lancé au micro par l'abbé depuis la table des mariés, même pendant les discours des témoins. J'ai arrêté l'alcool après le verre de sauternes accompagnant la trilogie de foie gras. L'agréable apesanteur offerte par le vin a laissé place à une acuité d'observation qui m'empêchait presque de prendre part aux bavardages. J'examinais les autres convives de la table, ma sœur Odile rougissant dès que quelqu'un lui adressait la parole, une de nos cousines tout aussi incasable, un ami séminariste des jeunes mariés rencontré dans leur groupe de prière, un couple de Nantais effacés, blonds tous les deux, qui n'arrêtaient pas de se relayer pour venir en aide aux trois baby-sitters. Je regardais Hugues à la peine pour trouver quoi dire à ses voisins, sa posture solennelle et grave alors qu'il ne s'était toujours pas autorisé à ôter sa veste d'uniforme ; je la comparais à l'effervescence qui s'était emparée de Sixtine et de son Melchior mais je notais tout cela sans en prendre ombrage, aucun spectacle n'était assez captivant pour me faire oublier la moiteur dans ma culotte, je formais des boulettes avec la mie de mon petit pain rond et je pensais à la glaire fertile.

Au moment du fromage, la traditionnelle tournée des jeunes mariés de table en table les a menés jusqu'à la nôtre. Marie-Astrid est venue s'agenouiller entre Hugues et moi – j'ai compris qu'il était ivre au délai de réaction qu'il lui a fallu pour s'ébrouer et céder sa chaise à la mariée ; le consultant de Sixtine n'avait pas arrêté de le resservir avec un zèle de marketeur-né. Il avait enfin tombé la veste, retourné les manches de sa chemise blanche d'uniforme.

Je n'avais pas encore eu l'occasion de parler aussi longuement avec ma cousine depuis le début de la journée. À présent, je pouvais détailler son visage de près, ces yeux verts que je l'avais vue si souvent poser sur le parc avec un flegme de propriétaire terrienne alors que nous l'arpentions ensemble, cette peau sublimée par un discret maquillage, œuvre d'une professionnelle. À mon mariage, j'avais dû me contenter des services de Clémence et de Sixtine. J'avais été l'une des cousines chassées de la propriété ancestrale, puis l'une des premières du clan Rivoire-Saint-Michel à me faire passer la bague au doigt, j'étais maintenant une vétérane de l'institution conjugale – et c'est sur cette considération que Marie-Astrid a ouvert ce qui n'aurait dû être qu'un innocent et bref échange de banalités : « Alors vous en êtes où, vous, déjà ? Noces de coton ? » J'ai rectifié : « Eh non, trois ans, noces de froment ! », rassurée par la présence statique d'Hugues dans mon dos. Trois ans et pas d'enfants. J'avais besoin de renfort car je sentais déjà poindre la flatterie, une autre facette de la pitié. Je me suis donc mise à essayer de faire diversion, comme d'habitude, j'ai complimenté ma cousine sur la réception, le choix du traiteur, le tombé de sa robe, la composition florale, mais chaque fois qu'elle me retournait le compliment, « Tu parles, vous aussi, c'était dingue ! », je sentais la condescendance enfler. De l'autre côté de la table, Sixtine faisait mine de se chamailler avec son consultant, lui lançait sa serviette à la figure tandis que mon mari se tenait dans mon dos, imperturbable, muet. Tellement muet que je n'ai pas vu le coup venir. « Vous dormez où, cette nuit ? Au château ? » l'ai-je entendu dire.

Je me suis retournée pour tenter de décrypter son expression, en vain. « Alors, la suite princière, ou bien ? » « La suite princière » était le nom donné, par abus de langage, à la vaste chambre qui surplombait le perron du château et que mon oncle et ma tante s'étaient attitrée à leur rachat des lieux. J'y avais beaucoup joué avec mes sœurs et mes cousins, je connaissais l'odeur poussiéreuse des vieilles tentures, le grincement de l'armoire vermoulue, l'inquiétante forme dessinée dans la pénombre par le valet de chambre.

Ma cousine s'est levée, s'apprêtant à rejoindre son mari et à affronter une nouvelle table, puis elle a lancé, avec une étincelle de provocation, qu'ils avaient en effet chassé ses parents pour la nuit et réservé tout l'étage. Hugues a souri imperceptiblement et haussé les sourcils. J'ai repensé à tous les aspects qui m'irritaient chez lui, sa fossette sur le menton, la façon dont il faisait grincer les ressorts sans se soucier des voisins, et j'ai dit : « Non mais ! De quoi je me mêle ! » Marie-Astrid était en train de rassembler les volutes de sa robe, d'accrocher à son poignet l'une des attaches prévues à cet effet, avant de poursuivre sa tournée.

À ce moment, Sixtine a repoussé sa chaise pour venir enlacer in extremis la taille de notre cousine et la complimenter. « Qu'est-ce qu'il y a de mal à parler de la chambre nuptiale ? a rétorqué Hugues. Ils sont mariés, ça y est. » Le consultant s'est esclaffé, il a forcé la voix pour atteindre le mari déjà loin : « Ben oui, Baptiste ! Ils vont pas se faire tout seuls, les héritiers ! Au boulot ! » L'intéressé s'est retourné, hilare. La situation était en train de m'échapper. Sixtine l'a compris. « Eh, on se détend, y a pas le feu ! » s'est-elle exclamée sur un ton faussement choqué, le bras ceignant toujours Marie-Astrid. Tout le monde riait. C'était si drôle pour eux. Nous avions bu, nous étions jeunes, Hugues était le doyen et il n'avait que vingt-sept ans. « Oh oui, a renchéri Marie-Astrid, moi j'ai prévenu les parents, je ne mets rien en route avant d'avoir couru un marathon ! » Je sentais le regard anxieux de Sixtine détailler mon expression, je voyais ma cousine cogiter, regrettant d'avoir fait une gaffe. J'ai décidé d'intervenir. Je ne pouvais pas ne rien riposter face à la pitié. Je ne suis pas comme Odile, je sais élever la voix, faire des scandales, j'ai porté le bonnet phrygien à La Manif pour tous, parlé dans le micro des journalistes, collé des tracts, quotidiennement convaincu des inconnues de ne pas avorter.

« Et la fécondité, alors ? ai-je lancé avec une voix stridente, insupportable à mes oreilles. Je dois te rappeler les quatre piliers du mariage ? » C'était peut-être la première fois depuis le début du dîner que le consultant posait ses yeux sur moi. J'avais le cœur battant, les joues en feu et les paumes moites, une conscience très précise de l'image que je devais renvoyer, avec ce sourire fou et cette marbrure sanguine, propre aux Rivoire-Saint-Michel, qui recouvrait mes joues rondes plantées chacune d'une fossette comme une flèche au centre d'une cible. Mais les gens autour de moi paraissaient amusés par mon intervention. J'avais presque franchi le gué, j'avais repoussé la pitié. J'espérais que Marie-Astrid serait assez maligne pour quitter enfin cette table et disparaître à jamais. Sauf qu'Hugues a repris la parole : « Un conseil, tablez plutôt sur l'espérance. La fécondité, c'est moins facile à décider. »

Quand je suis revenue des toilettes, personne ne semblait se rappeler l'échange, pas même Hugues. Moi, j'aurais voulu quitter les lieux après l'apparition de la pièce montée, mais j'avais l'impression que cela aurait fourni encore plus d'arguments à tous ces gens qui devaient nous plaindre, à présent. C'était comme les voisins à la garnison, à Dakar, tout le monde nous regardait, nous épiait, riait. Et puis je ne pouvais pas me fâcher avec Hugues, il y avait la glaire, la fenêtre de tir, les vingt-quatre heures d'ovulation à ne pas louper. Alors j'ai accompagné Sixtine sur la piste et j'ai dansé, *Quand la musique est bonne*, *Ils m'entraînent au bout de la nuit*, dansé avec mon mari, *Les Lacs du Connemara*, enroulé, lasso, reprise simple, traversée, pivot tête, j'ai dansé toute la soirée avec mon mari au milieu de tous les autres couples qui savaient.

Et quelques heures plus tard, à l'hôtel, dans notre chambre deux étoiles voisine de celle de mes parents et de celle de mes sœurs, pendant que mon mari à la sensibilité émoussée par l'alcool s'affairait au-dessus de mon corps sans parvenir à viser la fenêtre de tir, mutique et concentré, actionnant à une cadence mécanique l'arme défaillante qu'il avait sous la ceinture, pendant que mon mari me besognait sans être capable de me donner ce dont j'avais besoin à l'instant et qui me serait déjà inutile le lendemain, meurtrissant mes muqueuses, et que je refusais de mettre un terme à mon supplice avant la disparition de la glaire fertile, malgré la fatigue, la colère, la douleur, pendant que j'attendais une fois de plus le miracle, Sixtine et Melchior dansaient dans ma tête, son grand corps à lui, son corps gracile à elle, Sixtine avait toujours été bénie, les miracles pleuvaient sur elle depuis sa naissance, je repensais à son corps sur la piste, si souple, si vivant, si prêt à accueillir la vie, conçu pour se reproduire, et Hugues qui commençait à ralentir le rythme, il allait bientôt jeter l'éponge, je le sentais, et je pensais à ma cousine Marie-Astrid, dans la suite princière du château de mes ancêtres, peut-être allongée sous son mari, ou peut-être au-dessus, à califourchon, ou peut-être rien du tout, peut-être n'allaient-ils même pas prendre la peine d'honorer leur nuit de noces, j'étais sûre que Marie-Astrid n'était pas une vraie P.A.M., que Baptiste n'avait plus rien à découvrir, alors que moi, moi je m'étais retenue jusqu'au jour J, Hugues n'avait presque rien vu, je m'étais avancée tremblante et pure jusqu'à l'autel, j'étais une stricte « Pas Avant le Mariage », un exemple de sainteté, et tout cela, je me l'étais ordonné parce que je voulais faire mieux que ma mère, ne pas arriver grosse à mon mariage. C'était bien la peine.

Si je devais reprendre du début, je dirais que la première année, nous avons joué de malchance. Hugues était rarement avec moi pendant les périodes fatidiques. Il y avait toujours une Sentinelle, un déploiement, une projection, une Opex, un exercice qui l'envoyait plusieurs semaines d'affilée dans une contrée lointaine, et je m'en accommodais. J'avais pris suffisamment d'avance par rapport à mes sœurs, mes amies de la Légion d'honneur ou des guides pour avoir le temps de voir venir. Je pouvais encore espérer être la première – peut-être pas la première, mais l'une des premières. J'avais le mari, la chambre supplémentaire, l'accord d'Hugues sur mes deux tops 3, l'un pour les garçons, l'autre pour les filles.

J'ai toujours été compétitive, c'est comme ça, je n'y peux rien. Petite, lorsque papa retenait la proposition d'une de mes sœurs plutôt que la mienne pour les intentions de prière ou qu'il s'extasiait devant le devoir de maths d'Odile, j'avais la sensation presque physique de ne rien valoir. Mais je ne l'ai jamais dit à Hugues, je ne lui parlais pas de ce démon lorsqu'il m'annonçait un prochain départ, je ne lui disais pas que j'avais peur de voir ressurgir ce désespoir radical quand j'ouvrais mon agenda pour m'apercevoir que les dates de son absence correspondaient aux pages marquées d'une croix. Je lui disais que j'étais pressée de porter son enfant, de voir le visage de notre amour, que j'avais envie de jouer à la poupée, mais étais-je sincère ? J'avais passé mon enfance à jouer à la poupée avec mes petites sœurs pour soulager ma mère. Est-ce que j'avais aimé ça ? Est-ce que j'avais vraiment aimé ça ?

Quand je repense à mon enfance, j'ai l'impression que maman était sempiternellement enceinte, que les parents n'arrêtaient pas de nous inviter à déjeuner le dimanche midi à la pizzeria du centre-ville pour nous annoncer la nouvelle en grande pompe, alors que nous l'avions devinée dès l'instant où nous étions montées dans la voiture, qu'il y avait toujours un faux scrutin organisé dans la cuisine à quelques semaines du terme pour décider du prénom du bébé. Aucun de nos choix n'était retenu, bien entendu, mais c'est cette consultation factice qui m'a permis très tôt, dès Bérengère, d'arrêter mes deux top 3. Agathe, Colombe et Eugénie, pour les filles. Roch, Tancrède et Rodolphe, pour les garçons.

En toute logique, il n'y a pas eu tant d'annonces que ça dont je puisse me souvenir. Odile est née à quelques semaines de mon premier anniversaire et Sixtine a été mise en route avant que les parents m'estiment assez grande pour pouvoir être honorée par une invitation au restaurant. Il n'empêche, dans la plupart de mes souvenirs, maman a les traits bouffis, un ventre aux dimensions menaçantes, un poing en bas des reins. Et dans le reste, un bébé qui se tortille dans les bras. Les nourrissons étaient partout, tout le temps. Même quand je repense à Pilou, c'est un bébé identique à toutes mes sœurs qui m'apparaît, aussi blond et minuscule, aussi profondément endormi dans son couffin au retour de la maternité, presque mort, le visage figé d'un côté, le front bombé, ses deux petits poings vindicativement levés, ou bien aussi radicalement bruyant, capable d'expulser les mêmes hurlements ultrasoniques qui faisaient surgir ses côtes sous sa peau diaphane et qui me glaçaient le sang.

La maladie de mon petit frère s'est fondue dans le monde de la puériculture – mais je me demande parfois si ce n'est pas plutôt notre petite enfance à nous qui s'est fondue dans son agonie. Aujourd'hui encore, alors que je le sais, combien de fois ai-je entendu papa mentionner ces vingt-cinq mois ?, il me semble que des années se sont écoulées entre la découverte de sa malformation, deux heures après sa naissance, et la semaine où Stan, l'ami prêtre des parents, venait chaque soir poser sous la langue de Pilou les miettes d'une hostie ramollies dans du lait et broyée au Babycook. Mon père ne s'est autorisé à prendre un remplaçant à la pharmacie que quelques semaines afin de rester au chevet de son fils moribond, mes parents ont peut-être dormi six mois, pas plus, sur un matelas jeté au pied du berceau médicalisé en plein milieu du salon, pourtant tout s'emmêle dans mon esprit quand je me remémore mes jeunes années, le carillonnement de la berceuse dont on me demandait de tirer le cordon et le bip du moniteur respiratoire, les odeurs de lait caillé qui émanaient d'une couche pleine et celles de la poche de stomie, la saveur douceâtre du lait en poudre dont je me gavais à la cuillère lorsque maman avait le dos tourné et l'insaisissabilité d'un nuage de talc sur un derrière menacé par les escarres. Ce n'est pas Pilou qui actionnait son transat à ressort, qui fléchissait désespérément en l'air ses cuisses de grenouille, ce n'était pas ce bébé-là, mais sans doute ai-je utilisé l'inutile brosse en poils de soie pour lustrer son petit crâne presque chauve à lui aussi. Pilou était un bébé si mignon, la plus jolie d'entre toutes les poupées. Et cette poupée a été mise en bière avec sa médaille de baptême et son doudou. Alors peut-être, oui – vous m'avez encouragée à tout dire, ça fait près d'une heure que je vous parle avec l'ambition de tout vous dire –, peut-être que l'idée d'un bébé tout de suite ne m'enthousiasmait pas plus que ça. Mais je n'aurais jamais pu l'admettre.

Ce que je disais, en revanche, ce que je racontais à Hugues, à Écoute, et dont j'ai fait la pierre angulaire de mon parcours de militante, c'était que la maladie de mon petit frère m'a appris combien la vie vaut toujours la peine d'être vécue. Lorsqu'il parle de la mort de Pierre-Louis à la maison, deux jours après qu'il avait reçu le sacrement des malades, papa évoque quant à lui un instant inondé de lumière, un intense moment de paix placé sous la tutelle de saint Joseph, patron de la bonne mort – cette mort à laquelle nous sommes préparées depuis toutes petites, que nous avons si souvent appelée de nos vœux, agenouillées au pied de l'autel du salon dans nos pyjamas en flanelle pour la prière du soir, celle qui dit : *Je mets ma confiance, Vierge, en votre secours, Servez-moi de défense, Prenez soin de mes jours ; Et quand ma dernière heure viendra fixer mon sort, Obtenez que je meure de la plus sainte mort.* Pierre-Louis a toujours été saint, sa mort était à son image, il est venu sur Terre œuvrer à notre conversion de cœur. Voilà ce que j'affirmais, voilà ce que j'ai tant affirmé. Aucune vie n'est inutile. Pilou n'a jamais marché, parlé, ingéré de nourriture solide. Les derniers mois, sa vie ne tenait qu'à deux sondes. Mais comme ils ont été utiles, ces mois, disais-je en singeant mon père, fière de pouvoir reprendre à mon compte un discours que je n'ai jamais entendu dans la bouche de ma mère.

Un jour, toujours pendant cette première année de mariage, cette année où nous étions encore assez jeunes pour que les gens pensent notre infécondité relever d'un choix, d'un luxe, d'une temporisation obtenue en appliquant rigoureusement les méthodes naturelles, j'ai été contactée à Écoute par une fille en détresse. Les filles qui arrivent sur le tchat après avoir tapé dans la barre de recherche les mots « délais pour avorter », « où avorter », « aide pour avorter », « IVG danger », « IVG médicamenteuse », « stérilité après curetage », « complications », « interruption grossesse », etc. – autant de mots-clés que les militants de l'équipe technique prennent soin de référencer afin que notre site apparaisse en tête sur Google – sont toutes plus ou moins en détresse, mais leur inquiétude ne se situe pas toujours sur le plan moral. Domitille m'avait expliqué pendant ma journée de formation qu'il existait trois catégories de filles : les « physio », qui se préoccupaient des effets du geste sur leur corps et pour lesquelles l'idée de la douleur, de l'infection des trompes, du dommage irréversible avait plus de poids que celle d'un deuxième cœur battant ; les « psycho », très perméables au cœur battant mais capables de raisonnements soi-disant humanistes qui pouvaient finalement faire primer le bien théorique de l'enfant sur son existence physique ; et les « spi », déjà sensibilisées à la cause mais découragées le plus souvent par les contingences. Les « spi » comptent presque pour du beurre. Au fond d'elles, les spirituelles n'ont pas besoin de nous pour savoir que la vie humaine doit être respectée et protégée envers et contre tout.

Ce n'est pas à vous que je vais apprendre cela, vous qui êtes habitué aux confessions, mais l'une des premières choses à faire pour mener à bien la conversation est de proposer le plus tôt possible une écoute adaptée au type de la contactante. À sa catégorie, donc, mais également à son âge, à son lieu d'habitation et à son origine sociale. Domitille m'avait donné quelques astuces. Assortir toute question un peu frontale de l'assurance de notre bienveillance. Par exemple : « Je vois. Je vais vous aider, je suis là pour ça. Est-ce que je peux me permettre de vous demander votre âge ? » La détermination de l'âge est prioritaire pour savoir quel registre emprunter. Souvent, les filles ont moins de vingt ans, on peut alors passer aussitôt au message suivant : « Merci pour ta confiance. Est-ce que ça t'embête si je te tutoie ? » Moi qui vouvoie tant de mes proches, tutoyer des inconnues sur le tchat m'électrise – je ne suis jamais aussi bonne qu'en tutoyant.

À cette étape de la conversation, Domitille m'avait conseillé d'embrayer sur la situation géographique : « Est-ce que tu peux me dire où tu habites ? Je suis en lien avec le Planning familial, cela me permettra de te mettre en contact avec le plus proche de chez toi quand on aura fini », et de profiter de la réponse pour m'inventer un lien personnel avec le lieu mentionné (« Tiens ! Ma famille paternelle aussi vient d'Alsace », « J'adore Grenoble » ou « Ça doit être chouette d'habiter à côté de Disneyland ! »). Moi, j'aimais bien écrire « Super, et merci encore pour ta confiance. N'hésite pas à me tutoyer à ton tour, tu verras, ce sera plus facile pour communiquer en toute confiance ». Mon approche a toujours été affective, c'est ce qui a tout de suite fait exploser mon score. Je savais qu'il valait mieux dilater la conversation, courir le risque de perdre une fille pour être sûre de mieux la ferrer.

Ensuite, place aux questions habituelles. Depuis combien de temps, la date de tes dernières règles, le taux de bêta-hCG. Est-ce que tu es suivie par un médecin. À ce stade-là, le terrain était déblayé pour essayer de définir la catégorie. Après des années de pratique, j'avais trouvé l'enchaînement imparable pour accéder à la phrase pivot, celle qu'on appelle dans notre jargon « la gare de triage ». Je commençais par demander : « À quand remonte ton dernier frottis ? Est-ce que tu es suivie par un gynécologue ? » Dans 70 % des cas, les filles ignoraient le sens du mot « frottis », quand ce n'était pas carrément celui de « gynécologue ». Mais je gardais cette information pour plus tard. Une fille qui n'a jamais écarté les pieds dans des étriers peut avaler à peu près n'importe quoi. Si en plus de ça, elle s'avérait physio, banco. Il me suffisait alors de grossir les statistiques de complications, de ne rien cacher de la douleur. Parce que, au fond, même s'il nous arrivait de demeurer intentionnellement floues sur les questions anatomiques, de laisser certaines croire que le col de l'utérus pouvait rester ouvert des semaines après l'aspiration, s'exposant à tout type de germes, qu'il n'était pas rare qu'une hémorragie force une femme à recevoir une transfusion sanguine en urgence, des deux camps, nous n'étions certainement pas les plus manipulatrices.

Quoi qu'il en soit, même quand les filles savent ce qu'un « frottis » désigne, la question les désempare, instille un subtil climat de défiance qui nous mène tout droit à la gare de triage. Les filles peuvent dire : « À quand remonte mon quoi ?? », « Je ne vois pas le rapport », « Je ne suis pas venue parler de mes examens médicaux ». Elles se tendent, et Domitille m'avait appris combien il est important, à un moment de la conversation, d'« accueillir l'agressivité ». Le tout consiste à ne la faire affleurer ni trop tôt ni trop tard. Pendant cinq ans, la suite n'a pas varié. Face à l'impatience de la fille, j'écrivais : « Je comprends, mais ce que tu t'apprêtes à faire n'est pas un geste médical anodin. » « Ah bon ? Je croyais que c'était sans risque », rétorquaient-elles alors presque toutes. C'est à cet instant que je pouvais dégainer la gare de triage. « Ce n'est pas aussi simple. L'intervention nécessite de pénétrer dans l'utérus et de causer l'arrêt du cœur du bébé, de mettre fin à sa vie sans mettre fin à celle de la mère. » J'ai tellement de fois écrit cette phrase, je l'ai tant répétée à l'oral, en manifestation, sur nos chaînes confessionnelles, en live Facebook, en retraites jeunes, que parfois je me la répète comme un mantra pour arrêter de cogiter pendant mes insomnies. Cela fait des années que je dors mal. Et depuis un mois, je ne dors plus.

La gare de triage génère trois familles de réactions. Les physio tiquent sur la douleur (« Ah, ça fait mal ? » s'étonnent-elles souvent), et les psycho, sur le terme de bébé (« Je croyais qu'on disait embryon » – à condition bien sûr qu'elles soient assez cultivées pour connaître le mot), mais c'est la mention de la vie qui révèle les spi. Ce jour-là, la fille était incontestablement une spi. Peut-on vraiment considérer que l'embryon est en vie si son cœur n'a pas commencé à battre ? m'a-t-elle demandé en substance dès la gare de triage. Elle savait donc que cela avait lieu à la cinquième semaine. Je me souviens que j'ai été surprise par sa syntaxe, son orthographe parfaite. Musulmane, ai-je pensé. Elle m'avait dit habiter le 93. Nous nous sommes aussitôt retrouvées à débattre de l'âme, de l'infiniment petit, des gestes de vie et des gestes de mort.

L'une des règles encadrant notre action digitale, à Écoute, bannit l'apostolat. Invoquer le Seigneur avant d'être sûre d'avoir convaincu la fille nous expose à un échec individuel – sans parler des risques judiciaires. C'est ce qui m'a toujours plu, d'ailleurs. Je n'ai pas le talent pour l'imitation de Marie-Liesse ni l'aplomb de Sixtine quand elle tape un scandale au supermarché parce que quelqu'un l'a doublée dans la queue, mais j'ai toujours aimé jouer la comédie, mentir, faire croire à mes petites sœurs que j'allais me transformer en loup à la nuit tombée et toutes les dévorer.

Dès mes débuts sur le tchat, quand j'ai accepté de créer avec Domitille une antenne régionale d'Écoute-Avortement, j'ai fait des étincelles. Mon statut d'épouse me boostait. Si je me souviens aussi bien de cette conversation, parmi les centaines que j'ai eues depuis, c'est qu'elle a eu lieu peu de temps après mon mariage, en plein milieu de notre âge d'or, celui avec les plateaux-repas devant *Top chef*, et les piétinements des enfants au plafond. Je découvrais toutes les fonctionnalités de mon existence, je me sentais en pleine possession de mon pouvoir. De mon corps, aussi, évidemment. Le sang finissait toujours par couler le vingt-huitième jour mais je ne m'en inquiétais pas, pas outre mesure. Les périodes n'étaient jamais les bonnes, nous jouions de malchance, je n'avais que vingt-trois ans.

Entre-temps, je me formais, j'apprenais à accueillir des sensations nouvelles, les plaques rouges sur mes joues et sur le haut de ma poitrine – Hugues pourrait se raser trois fois par jour, il a une barbe si drue qu'il continuerait à me lacérer l'épiderme –, l'odeur de sous-bois qui remontait de ma culotte le lendemain, sous ma chemise de nuit, quand je levais mes genoux au-dessus de la table du petit déjeuner, la fenêtre du salon grande ouverte sur l'Adour, et que je laissais l'arôme champignonneuse de nos humeurs mélangées se répandre jusqu'à mes narines. J'avais enfin un rôle sur Terre, j'étais mariée. Nous jouions de malchance, mais j'étais mariée. Je découvrais les ronflements, les baisers du réveil, ses envies matinales, je découvrais les effets de son désir sur mon corps, ce corps dont je n'avais eu jusque-là qu'une connaissance théorique de la façon dont il pouvait combler un homme. Ma foi même se trouvait renforcée. À chaque mycose, à chaque démangeaison, à chaque infection urinaire, j'avais l'impression d'œuvrer au bonheur de mon couple, à sa sainteté. Comme si l'inconfort était un moyen pour le bon Dieu de me mettre à l'épreuve. Et puis l'inconfort passait, et c'était avec ce bien-être retrouvé que le Seigneur me félicitait. J'étais remplie de ferveur, alors. Je n'ai jamais été aussi pieuse que lorsque je ne connaissais pas l'orgasme.

J'ai décelé la même ferveur chez la contactante. Nous progressions dans la discussion, elle m'avait appris que le type l'avait quittée, qu'elle était encore étudiante boursière avec un job à mi-temps, que ses parents eux-mêmes lui conseillaient de ne pas le garder. Nous n'avions ni l'une ni l'autre invoqué Dieu, mais au fil des messages, je me sentais approcher du point de non-retour, celui où j'allais être obligée de mettre bas les masques. Les questionnements de la fille étaient si raffinés – je me souviens qu'elle m'avait demandé si faire le mal en voulant préserver le bien n'annulait pas la responsabilité du crime – que j'en suis arrivée à me dire qu'une responsable de secteur était peut-être en train de me tester. Mais je vous le répète, je découvrais la vie conjugale, j'étais sûre d'avoir bien choisi ma vocation, et cette certitude – comme il me paraît fou, aujourd'hui, d'avoir pu un jour penser cela –, cette sensation d'être une pièce du puzzle parfaitement imbriquée dans le grand motif voulu par Dieu me galvanisait, me rendait presque téméraire.

Au bout d'un moment, il n'a plus été possible de taire Dieu. La fille venait de me dire que si l'on croyait à un au-delà, si on réussissait à penser que la vie ne s'arrêtait pas à son expression tangible, cellulaire, alors la mort n'était qu'une autre forme de vie, plus heureuse, et l'âme de l'enfant qu'elle portait rayonnerait quelque part, donnant sens à son passage sur Terre. Je lui ai raconté que j'avais grandi dans une famille pieuse, que quand ma mère avait donné naissance à son quatrième enfant, un petit garçon, enfin, après trois filles enchaînées à toute vitesse, les médecins lui avaient aussitôt annoncé deux choses : que la malformation cardiaque dont il souffrait était incurable et mortelle, et qu'en l'absence d'un diagnostic sûr, on ne pouvait exclure la cause génétique, donc que mon père et elle feraient mieux de s'en tenir là, qu'ils pouvaient déjà s'estimer chanceux d'avoir eu trois enfants en parfaite santé.

À cette fille que je ne connaissais que par écran interposé, qui était peut-être, probablement !, musulmane, j'ai dévoilé le mythe fondateur de la famille Plée, le pari, la confiance absolue dans l'amour du Seigneur, la prière exaucée. Marie-Liesse, Bérengère et Quitterie étaient nées de ce pari. « Et tu sais quoi ? ai-je écrit. Leur cœur bat sans encombre, Dieu peut tout. » *Contre la peur, Dieu peut tout.* J'ai tant de fois entendu papa prononcer cette phrase. À ce stade, si la contactante n'avait vraiment été qu'un avatar créé de toutes pièces pour auditer les équipes du tchat, je l'aurais su, j'aurais reçu un avertissement. Mais la fille semblait touchée par mon témoignage, impressionnée par la décision de mes parents, par le courage qu'il fallait pour prendre trois fois de suite et en toute connaissance de cause le risque de mettre au monde un enfant condamné. « C'est le courage de l'amour, ça », ai-je répondu, triomphante, m'autorisant un émoji couronné de petits cœurs rouges et même un émoji de colombe, d'ordinaire réservé à mes groupes de discussion cathos, même si ce jour-là encore, quand je pensais à l'arrivée de toutes mes petites sœurs dans le foyer, à cette permanente invasion de bébés, je voyais un salon encombré de porte-sérum et de packs de compresses stériles, je voyais le minuscule cercueil en bois blanc laqué.

J'étais lancée, je ne voulais plus quitter mon rôle, je voulais continuer à parler du Seigneur, de Pilou, de cette bénédiction qui avait traversé nos vies pour nous plonger dans l'eau vive. « L'amour se régénère à chaque nouvelle vie, mon petit frère me l'a appris », ai-je écrit. Peu importent les conditions de notre naissance, Dieu a un plan pour chacun de nous. J'étais sûre du plan qu'il avait pour moi, à l'époque. J'étais sûre de vivre mes derniers moments de liberté, je me réjouissais d'avoir encore quelques mois de totale disponibilité d'esprit pour pouvoir faire la leçon à des brebis égarées.

Alors j'ai enchaîné sur l'amour que Dieu place en chaque âme dès le début. J'ai également parlé de ce témoignage que j'avais entendu, quelques étés plus tôt, à l'une des sessions de Paray-le-Monial, cette mère qui avait découvert pendant la grossesse que le bébé qu'elle portait ne survivrait pas plus de quelques heures à la naissance et à qui on avait proposé de programmer une interruption médicale de grossesse. J'avais repris les mots de papa, « l'eugénisme d'État », cette « déshumanisation à grande échelle » mise en œuvre par la majorité du corps médical, quand, au contraire, les parents de ce témoignage avaient décidé d'accompagner leur enfant jusqu'au bout ; quand, au contraire, mes parents avaient décidé par trois fois de prendre le pari de la foi. Car c'était ça, leur mission, c'était ça, notre mission, dès lors que le Seigneur nous faisait la grâce de nous laisser porter la vie : mener notre enfant jusqu'à Lui. La fille était peut-être musulmane, j'écrivais trop, trop vite, j'enfreignais tous les interdits de notre action digitale, mais je me souviens encore de cette conversation comme d'un échange en vérité. Et pourtant, sans le savoir, je commençais déjà à faire n'importe quoi.

À la fin de notre conversation, la fille semblait ralliée à ma cause. Je me rappelle qu'elle a conclu en écrivant quelque chose comme « Vous m'avez sorti la tête du sable ». Je me rappelle aussi qu'elle a résumé en quelques phrases lumineuses de simplicité la conclusion que je n'osais moi-même imposer aux filles sur le tchat : qu'il était rassurant de s'en remettre à la décision du Très-Haut. Dans un monde impie, accepter l'irruption de l'extraordinaire, du divin.

Cette fille n'a jamais refait surface, mais huit filles sur dix disparaissent après le premier contact, sans que nous sachions quelle décision elles ont prise. Notre mission a cela d'ingrat qu'elle ne nous permet pas d'en contempler les fruits. Avait-elle fini par trouver le vrai site du Planning familial ? S'était-elle laissé convaincre par une assistante sociale payée à limiter les dépenses de l'État ? Je m'en moquais, ce jour-là. J'étais comblée. J'avais fait ce que maman n'était jamais parvenue à faire. Maman ne nomme jamais Pilou, maman ne monte jamais sur une estrade pour témoigner, elle change de sujet quand mon père se lance dans l'une de ses diatribes contre les apprentis sorciers en blouse blanche, or moi, moi qui n'étais pas encore mère, j'avais fait de ce drame une force, j'avais compris avant elle, mieux qu'elle, que la chair de sa chair contemplait la face du Seigneur.

Et la mienne aussi, bientôt. La nôtre. Combien de fois me suis-je imaginé le visage de nos enfants, sélectionnant parmi nos traits mélangés ceux que je tenais à transmettre de moi et ceux d'Hugues que je voulais voir primer. Je n'avais peut-être pas envie de jouer à la poupée ni de lustrer le crâne d'un enfant mort. Mais j'avais six magnifiques prénoms à distribuer.

Pour notre premier anniversaire de mariage, Hugues était au Tchad. Jusqu'au bout, j'ai cru qu'il allait me faire une surprise et rentrer plus tôt – on entend toujours des histoires de ce type aux thés des épouses : un mili en treillis débarquant dans une salle de naissance en plein milieu d'une poussée, un Noël sauvé par la permission inattendue d'un père de famille aux traits tirés, un Valentin qu'on n'attendait plus, un cavalier inespéré au mariage de la petite sœur, accompagnées chaque fois des mêmes plaisanteries : l'épilation qu'on n'avait pas faite en prévision, les cheveux non balayés, la maison sens dessus dessous. Moi, je croyais tellement au retour d'Hugues que j'avais tout mis en œuvre pour ne pas me laisser cueillir à l'improviste. Aucun poil ne se hérissait sur mes mollets, le lit était fait tous les matins, l'évier de la cuisine briqué à chaque fin de repas, vierge d'assiettes sales. La veille du jour J, j'avais même entrepris de laver les carreaux de l'appartement et de préparer une fougasse. Je n'avais pas à me forcer, à l'époque. Je vivais encore sous l'œil impitoyable de mes ambitions, j'étais convaincue qu'il suffisait de jouer à l'épouse admirable pour avoir un couple admirable, une famille admirable.

Depuis, vous le voyez, je me suis empâtée, j'ai coupé mes cheveux, j'ai renoncé aux tenues affriolantes. Le curé dont Hugues m'envoie toutes les vidéos depuis quelques mois, ce père spi que je m'efforce d'écouter pour combler le vide, pour meubler le silence, tout en sachant qu'il ne pourra jamais me ramener dans le droit chemin, ce père spi répète que la modestie demande du courage, qu'on peut trouver l'Éternel dans le quotidien, qu'une femme pieuse sait vivre loin des projecteurs, en imitant la Sainte Vierge et en édifiant les autres par son exemple d'humilité et de décence. « Une grande femme ne fait pas de grandes choses aux yeux du monde, elle fait de grandes choses aux yeux de Dieu », dit-il souvent.

Mais j'étais loin de tout ça, alors. J'étais une épouse pomponnée et j'attendais mon mari, pleine d'espoir. Officiellement, il devait rentrer fin juillet, à temps pour la cousinade annuelle dans notre fief de Saint-Lunaire. Nous nous sommes mariés un 16 juillet. Deux jours avant de passer devant l'autel, il défilait sur les Champs-Élysées dans le même uniforme qu'il allait porter pour me regarder remonter l'allée de l'église, me condamnant à cette espèce de raccourci cognitif qui veut que chaque fois que je repense à notre mariage, j'aie l'impression qu'il arrive directement de l'Arc de triomphe, que le président de la République a orchestré notre union – en l'occurrence, ce mollasson de François Hollande, mais quand bien même, cela m'apparaissait un bon présage. Notre amour du drapeau était supposé venir juste après celui de la croix. Une partie de mes ancêtres a été décapitée en place publique, les Rivoire-Saint-Michel doivent leur disgrâce à la prise de la Bastille, j'ai quelques lointains cousins qui, comme certaines de mes camarades de la Légion d'honneur, portent un brassard le jour de l'exécution de Louis XVI et collent leur timbre de Marianne la tête en bas mais, de mémoire, je n'ai jamais loupé un seul défilé du 14 Juillet.

Et voilà qu'un an après mon mariage, je regardais la cérémonie, toute seule dans mon salon, guettant de manière irrationnelle le moment où Hugues allait jaillir du téléviseur pour m'offrir un de ces joncs en or, cadeau rituel des noces de coton, que je voyais au poignet de filles de mon cercle. Pourtant, notre anniversaire n'avait lieu que deux jours plus tard, et il était au Tchad, je le savais, nous avions parlé la veille encore, quelques minutes de conversation pleine d'ellipses depuis son téléphone satellitaire. Ce n'était pas Hugues que je risquais de voir apparaître à l'écran, marchant au pas, mais le mari de Domitille ou celui de Jeanne-Marie. Je les avais entendues s'en vanter au dernier apéro. J'avais même été invitée chez Domitille pour regarder le défilé – elle n'avait pas pu faire le déplacement jusqu'à Paris, elle attendait son numéro quatre et elle avait de telles nausées qu'elle était déjà sûre que ce serait une fille. Après trois petits gars, enfin. Elle était aux anges.

Je n'avais pas envie de partager le défilé avec elle. Je voulais être seule pour commémorer ces quelques jours qui avaient vu ma vie prendre sens. L'année précédente, j'avais suivi le défilé à Montigny avec Sixtine, l'une de mes témoins, la seule à qui j'avais osé confier mon appréhension au sujet de la nuit de noces ; la seule à qui j'avais pu la raconter ensuite. Cette année, je ressentais dans mon ventre une excitation différente. Je n'avais plus peur du corps d'Hugues, de ses mains véloces qu'il avait lui-même eu tant de mal à dompter pendant l'année de nos fiançailles alors qu'elles tentaient de s'aventurer sous mes vêtements comme des tarentules. Je savais le bruit que faisait sa braguette, je connaissais l'angle de sa mâchoire en contre-plongée, le sombre dessin que formait sa pilosité lorsque je le regardais d'en dessous, allongée sur le lit. Je n'avais plus peur de sa puissance, je ne me contorsionnais plus de rire quand il me touchait, je n'étais presque plus chatouilleuse. Un an après notre mariage, notre intimité avait pris de l'ampleur, je parvenais à m'y exprimer sans plus penser – ou en tout cas, sans plus ne faire *que* penser – à l'image que je renvoyais, aux sons que je produisais, aux glouglous qui retentissaient dans mon ventre comme dans un récipient, les soirs où Hugues avait faim de moi juste après le repas. Mais je n'étais pas encore éreintée par l'habitude, lasse de savoir en tirer un plaisir mécanique. Je guettais encore la jouissance comme une grâce, sans savoir que le jour où elle adviendrait, où je connaîtrais enfin l'orgasme, adviendrait également ma déchéance.

Quand j'y repense aujourd'hui, il me semble que cette première année, cette première année d'intimité pendant laquelle j'attendais autant de tomber enceinte que de voir se révéler à moi le mystère de la volupté dont tant de femmes parlaient, même les plus pieuses – dont même les curés, les confesseurs parlaient –, et auquel les papes avaient consacré d'entiers encycliques, que cette première année donc a été comme traversée par un courant électrique, une étincelle que j'essayais sans cesse d'attraper et qui, en m'échappant, ne me donnait qu'une envie : recommencer.

Ce 14 Juillet-là, je cherchais l'étincelle en observant à la télévision les rangées d'épaules raides comme celles des joueurs en bois de baby-foot envahir les Champs-Élysées, sur les lieux mêmes qui m'avaient vue danser quelques années plus tôt, au beau milieu de la chaussée, et m'époumoner en hurlant des slogans que je me remémorais encore comme des cris de guerre : « Un papa, une maman, c'est ce qu'il faut pour nos enfants », « Nous sommes tous des enfants d'hétéros » ; et c'était la même joie au fond de mes tripes, la même sensation de m'approcher du but, de toucher au zénith, à la vraie signification de ma présence sur Terre. Je n'avais plus peur, j'étais pleine de désir. Hugues ne jaillirait peut-être pas de l'écran, mais il serait là dans deux jours, j'en étais sûre, aussi beau et fier que ses congénères qui marchaient vers la Concorde telle cette armée de gueux, vers la Bastille, plusieurs siècles avant eux. J'avais une étincelle à attraper, un ventre à remplir de plaisir. De vie, mais aussi de plaisir.

Hugues n'est pas rentré plus tôt. À quinze heures, mon portable a sonné alors que j'étais en train de faire les courses pour le dîner du soir, j'ai deviné à l'indicatif qu'il était encore en Afrique, que je m'étais fait un film, que j'allais manger du rosbif pendant une semaine. Mais j'ai pris sur moi, décroché, lancé un *allô* plein d'allégresse. Un an plus tôt, j'avais accepté de partager mon homme avec la France. « Bon anniversaire, ma douce », m'a-t-il déclaré, et mon bas-ventre a tressailli de désir comme sous un coup de poignard. J'avais beau être déçue, j'étais bouleversée d'entendre sa voix ; il ne monterait pas quatre à quatre les escaliers pour défoncer la porte de notre appartement, un bouquet ou un écrin à la main, mais je l'imaginais dans son treillis raidi par la crasse et la transpiration, la nuque tannée, en train de fumer à la nuit tombée devant l'entrée d'une tente, tout en creusant le sable du bout de sa ranger tandis que résonnaient au loin les hurlements de quelque bête sauvage. « Tu verras, le bon Dieu nous a prévu du lourd pour cette deuxième année, a-t-il assuré. On fera dire une messe pour notre couple à mon retour. »

Plus tard, alors que je venais de rentrer à l'appartement avec des courses qui s'étaient reportées exclusivement sur le rayon confiseries, mon téléphone s'est mis à convulser sur la table basse. Des messages n'arrêtaient pas d'arriver sur le groupe Messenger que nous avions créé avec les sympathisants bayonnais d'Écoute. Des informations venues de la base, de Paris, laissaient penser que le projet relatif au délit d'entrave allait se concrétiser. Des sources gouvernementales, des journalistes, que sais-je, l'affirmaient. Notre combat d'ordre divin risquait d'être sanctionné par la loi, et cela constituait un coup significatif porté à la liberté de conscience. Où sont les opposants à la censure quand il s'agit de défendre les catholiques ? Je ne fais que répéter les phrases qui s'affichaient ce soir-là sur l'écran de mon téléphone. J'étais obnubilée par ma déception, ma frustration, et j'ai dû faire un effort pour ne pas le laisser entendre à Domitille quand elle m'a appelée en me proposant d'imiter l'initiative de militants bordelais et de nous retrouver afin de réciter publiquement le rosaire. Le padre de la garnison et d'autres épouses étaient prêts à faire le déplacement jusqu'à Sainte-Marie.

« Maintenant, vraiment ? Mais tu te sens en état ? ai-je demandé, regrettant aussitôt ma question.

— Absolument, s'est-elle exclamée, les nausées s'estompent toujours après le déjeuner, et le soir je pète le feu. De toute façon, ça gigote tellement là-dedans que je serais bien incapable de rester allongée. Alors, partante ? J'ai déjà appelé la baby-sit. »

Je n'avais aucune baby-sitter à appeler, aucun mari à attendre, rien qui gigotait là-dedans, j'avais juste à glisser mes pieds dans une paire de Bensimon, à attraper mon chapelet et à descendre les escaliers avant de partir affronter le centre-ville regorgeant de touristes, portée par le brouhaha et les musiques échappées des bars de rugbymen pour aller m'exposer aux moqueries sur le parvis de la cathédrale Sainte-Marie, où, sous l'œil du padre Jean, l'aumônier militaire portant un sac à dos par-dessus sa soutane, la femme d'un lieut-co accroupie au sol allumait à l'aide d'un briquet un parterre de bougies chauffe-plat pendant qu'une autre essayait de faire tenir sur les pavés inégaux un panneau proclamant : « Si tu veux la paix, défends la vie. » Qu'ils se moquent, pensais-je, remontée par ma déception, par ma fausse joie, par le souvenir du rosbif et de mon appartement étincelant, qu'elles pouffent avec leurs cuisses dénudées pleines de cellulite, avec leur décolleté, qu'ils rient avec leurs bras tatoués et leurs MST.

Domitille est arrivée en même temps que moi, brandissant ses quatre mois de grossesse et un bouquet de roses blanches dépenaillées. « J'ai pris ce qui restait, le fleuriste en bas de chez moi allait fermer ! » a-t-elle lancé avec un sourire presque indécent au vu des circonstances, ce sourire égoïste et béat qu'affichent les femmes enceintes, ce sourire qui exclut d'emblée toutes les personnes à la ronde.

Je n'avais pas envie de sourire, moi, je voulais en découdre, et cette colère qui avait peu à peu absorbé ma tristesse avait sur moi un effet consolateur – elle était la preuve de ma valeur, de mon rôle dans le combat, elle validait ma présence ici, sur ce parvis du Pays basque, alors que mon mari exécutait je ne sais quelles actions dans je ne sais quelle région d'un pays que j'aurais été bien incapable de placer sur une carte. Je n'avais pas l'insouciance de Domitille, pas encore, mais cela me donnait une prise sur le réel que Dieu sanctifierait, le moment venu, tandis que Domitille ne faisait qu'obéir bêtement à ses hormones.

La nouvelle était trop fraîche pour que nous ayons eu le temps de fabriquer des tracts. Tout juste en avions-nous eu assez pour enfiler des vêtements blancs, couleur de notre lutte. Quelqu'un avait apporté les reliquats d'une précédente Marche pour la Vie, des ballons de baudruche blancs, une petite liasse de photocopies qui récapitulaient des chiffres et les mettaient en regard avec d'autres, reproduisaient des diagrammes, des histogrammes, des schémas d'embryon, et j'étais déjà prête à m'en emparer pour alpaguer les passants. Je ne savais pas bien quoi leur dire, à ces passants – le gouvernement voulait interdire aux résistants de dissuader des femmes de commettre le geste fatal, mais était-ce vraiment le gouvernement ? Je n'étais plus si sûre de faire la différence avec le Parlement. Peu importe : j'étais soudain pleine de courage, aussi bravache que Sixtine.

Jugeant que nous étions assez nombreux – en plus de Domitille et de quelques autres épouses du régiment se trouvaient deux ou trois lycéens, en train de gonfler les ballons, plusieurs retraitées actives dans la pastorale, et un grand homme sec et vieux, en espadrilles, polo et chevalière à l'auriculaire, dont la présence n'était pas totalement étrangère à mon brusque désir de m'illustrer –, le padre Jean a frappé dans ses mains pour nous rappeler à l'ordre. Puis il a fait un pas en arrière en écartant les bras, invitant muettement tous les participants à l'imiter afin de former un large cercle devant la cathédrale. Du coin de l'œil, j'ai vu un premier groupe de curieux ralentir le pas.

« Frères et sœurs, nous ne sommes pas venus ici faire de la politique mais prier le rosaire. Un rosaire pour la Vie, toutes les vies, à commencer par nos vies personnelles, afin qu'elles soient fécondes », a-t-il déclaré avec une voix de stentor, l'une des marques de fabrique de cet aumônier militaire au glorieux passé chez les scouts, étoile montante du diocèse aux Armées française, dont on disait qu'il ne manquait pas un entraînement du régiment, qu'il sautait en parachute et qu'il était même ressorti vaillant d'un séjour d'entraînement commando au fort des Rousses, où il avait rampé dans la boue, combattu au corps et nagé en transportant un âne mort. Puis il a rappelé aux moins aguerris le fonctionnement du rosaire tandis que je trépignais déjà d'en finir, moi qui en avais tant récité dans ma jeunesse, qui avais tant lutté pour ne pas bâiller ni croiser le regard d'une de mes sœurs quand mon père ou le cousin Aymard ou le père Albert, le vieil ami eudiste des parents, entonnait a capella l'*Ave Maria*.

Les prières collectives m'ont toujours ennuyée, les prières tout court, à vrai dire. Je ne sais pas méditer – voilà une chose que j'envie à Odile –, mon esprit, sans opposer la moindre résistance, cède le terrain à des pensées profanes, listes de courses, odeur du voisin de banc, tenue pour le bal de clôture du raid sportif organisé par le régiment. Ce que j'aime depuis toujours, même maintenant que je dois avouer une faute impossible à expier, c'est le sacrement de réconciliation. Me retrouver seule face à un prêtre, profiter pendant quelques minutes, davantage parfois, de son attention exclusive, sans avoir l'impression qu'une autre tâche, un autre enfant, une urgence quelconque l'appelle de l'autre côté de la porte, et lui livrer ce que j'ai sur le cœur, encouragée par son regard bienveillant – voilà ce que grandir dans une famille nombreuse vous pousse à rechercher.

Mais l'heure n'était pas à la confession, ce soir-là. L'heure était à prier pour que le Seigneur puisse établir ses lois divines, comme venait de le déclarer le padre Jean. À prier pour que la Vierge, elle qui, âgée de seize ans à peine, avait accueilli sans hésiter un enfant inattendu en son sein, alors que la société et sa famille auraient pu lui jeter l'opprobre, intercède en faveur de toutes les vies, et notamment les plus fragiles. L'heure était à méditer, agenouillé sur le pavé poli du parvis en égrainant son chapelet, sur les mystères de la vie du Christ, à implorer Dieu de faire descendre l'Esprit saint sur toutes ces femmes en détresse qui avaient été acculées à avorter, sur tous ces pères qui avaient été privés du bonheur de la paternité, pour leur donner la force de se relever. *Je crois en Dieu, le Père tout-puissant, créateur du ciel et de la terre ; et en Jésus-Christ, son Fils unique, notre Seigneur...*

Les prières s'enchaînaient, une longue litanie dans laquelle tout le monde semblait absorbé plus profondément que moi. Heureusement, deux des lycéens et une des retraitées sont partis avant la fin, s'excusant d'un geste de la main en articulant un au revoir silencieux, l'air contrit, avant de quitter les lieux en sautillant, et j'ai pu me soulager un peu de mon sentiment de culpabilité : au moins, mon corps donnait le change. J'étais restée agenouillée pendant deux heures. Domitille, elle, n'arrêtait pas de se trémousser, passant de la position debout à la position en tailleur, s'autorisant même à faire quelques étirements pour soulager ses lombaires. Mais elle portait la vie, elle. Elle était l'incarnation même de notre cause. Elle était l'effigie de notre rosaire. Et moi ? Moi, je psalmodiais, je chantais, je fermais les yeux, je feignais de me laisser porter par le groupe, de vibrer à l'unisson de mes frères et sœurs à ce moment si critique de notre combat, je hochais la tête en prétendant être habitée par cette lecture de la vie de Christ sauveur à l'aune du péril qui pesait sur notre humanité, cette interprétation des mystères supposée nous permettre de placer Dieu au plus profond de notre cœur pour nous aider à comprendre, pardonner et agir, mais voilà, voilà le mystère qui m'obsédait, la question qui me hantait durant ces heures de rosaire devant la cathédrale Sainte-Marie, du crépuscule à la nuit noire, alors que la majorité des bougies avaient fini par s'éteindre : parviendrai-je à jouir au retour d'Hugues ?

J'ai longtemps pensé que je m'appelais Agnès en hommage à mon arrière-grand-mère Rivoire-Saint-Michel, la dernière comtesse à avoir connu notre château intègre, avec des paysans dans la métairie et un office mensuel à la chapelle. Non pas qu'on me l'ait dit, non, mais je l'avais déduit en voyant des portraits, des arbres généalogiques, en parcourant des vieilles correspondances. Et puis un jour, j'ai pris conscience que ma sainte patronne, une fille de la noblesse romaine, avait été égorgée en place publique pour avoir refusé de s'offrir à un préfet, qu'elle avait été conduite de force dans un bordel, mais que ses cheveux s'étaient mis à pousser miraculeusement, recouvrant son corps, qu'elle était morte intacte, sans trahir la promesse qu'elle avait faite au Christ. « Celui qui le premier m'a choisie, c'est Lui qui me recevra », aurait-elle dit au moment de son martyre. Les années passant, j'en suis venue à me demander si ce prénom n'était pas une malédiction. C'était peut-être moi qui avais été programmée pour mourir vierge, mariée au Christ, pas ma sœur Odile, qui me semble en prendre le chemin, avec ses lunettes à double foyer, ses cardigans beiges, son groupe de discernement vocationnel et ses retraites d'initiation à la vie monastique. Si Dieu avait béni mon couple et ma jouissance, pourquoi avait-Il laissé stérile le figuier de notre union ? Ne savait-Il pas à quoi Il m'acculerait ?

L'été de notre premier anniversaire de mariage, après qu'Hugues était rentré du Tchad, sans écrin de bijoutier mais avec une petite sculpture de guerrier sao, difforme et inquiétante, achetée sur le marché de N'Djamena, l'une de ces « africonneries » qu'affectionnent nos militaires, nous avons passé trois jours dans une communauté monastique de la banlieue lyonnaise pour « discerner où le Seigneur allait nous donner de porter du fruit » et « prendre nos décisions à la lumière de l'Évangile », comme l'indiquait l'article du site dont Hugues m'avait envoyé le lien peu avant son retour, exalté de m'apprendre qu'une place s'était libérée pour participer en couple à cette retraite courue par nombre de jeunes officiers et leurs épouses.

Nous n'étions pas encore devenus ce couple « dans l'attente », « en espérance », expérimentant un « nouveau type de fécondité ». Mais nous étions un jeune ménage confronté au bilan de sa première année de mariage, ce qu'on avait anticipé, ce qui avait dépassé nos espérances, les difficultés surgies sur notre chemin sans crier gare, et je m'étais efforcée de traverser ces trois jours de prière, récollections, adorations, prêches de l'abbé et échanges avec d'autres couples en lavant mon âme de toutes mes pensées impures et en m'imprégnant des charismes qui paraissaient émaner de chaque recoin de cette abbaye du quinzième siècle, de son réfectoire dépouillé, de ses bancs cirés, vierges du moindre grain de poussière, de son parc abrité par de vénérables conifères. Nos nuits étaient chastes dans la petite cellule garnie de deux lits jumeaux, les draps rêches, frais, vivifiants. Je voulais y lire un bon présage. Le dernier jour, alors que l'abbé nous demandait de confier à la Vierge nos intentions de prière pour la prochaine année, je n'ai même pas pris la peine d'écrire « un bébé ». La question ne semblait se poser pour aucun des couples réunis dans cette chapelle moderne, une pyramide métallique trouée de panneaux de verre, blottie dans un repli du parc. Le programme de la retraite, consacrée au thème de la « communication dans le couple », faisait l'impasse sur la question physique de la reproduction – ou plutôt, il ne l'envisageait que sous l'angle de son inéluctabilité, comme si multiplier était le présupposé de tout couple en âge de procréer, qu'y parvenir était fatal.

D'ailleurs, c'est lors de cette retraite que j'ai reçu le fascicule sur la méthode de contraception naturelle Billings, celui que j'ai déchiqueté en mille morceaux quand je l'ai découvert en vidant les cartons à notre arrivée à Dakar, deux ans plus tard, après l'avoir naïvement conservé à Bayonne dans le tiroir de ma table de chevet. Comme si nous allions en avoir besoin.

De toute façon, je me connaissais déjà par cœur, j'ai un cycle cruellement lisible, qui envoie tous les signes d'un organisme infaillible, un cycle si irréprochable qu'il m'a privée, pendant six ans, de ces quelques heures de faux espoir que fait naître un retard de règles, au point que je me suis souvent surprise à envier les filles au cycle irrégulier, contraintes de s'en remettre réellement à la Providence. Par la suite, j'ai même été jusqu'à envier les filles victimes d'une fausse couche, ou donnant naissance à un bébé sans vie. Au moins, j'aurais eu quelque chose, quelqu'un à regretter. Mais j'étais encore confiante, alors, j'avais pris le fascicule, flattée de figurer parmi les jeunes couples que les moines avaient l'air incapables de ne pas imaginer à l'œuvre, insatiables et jaillissants, menaçant sans cesse de se répandre partout, semant des enfants comme des postillons.

Plus tard, j'allais découvrir le continent aride des retraites pour couples en espérance, les pèlerinages au belvédère pour la vie de Cotignac, les médailles de sainte Colette, patronne des infertiles, j'allais avoir le détestable honneur d'être portée par les prières de mes proches, de ma famille, de savoir mon couple confié à une chaîne d'intentions de prière qui s'étendait au-delà de mon cercle, des initiatives spontanées, lancées en ligne sur nos réseaux cathos, que mes amies plus chanceuses et tellement empathiques se faisaient une joie de me rapporter, m'obligeant chaque fois à dire merci, à rendre grâce pour le temps qu'elles avaient passé à se recueillir mentalement au-dessus de notre couche improductive. Mais cet été-là, nous étions encore un couple normal, tout juste éprouvé par le métier d'Hugues et notre cohabitation intermittente – après tout, nous étions cinq femmes sur huit dans cette retraite à avoir un mari dans l'armée, un para comme Hugues, deux légionnaires et un marin. Cela n'a pas empêché la femme du légionnaire d'accoucher six mois plus tard – j'avais déjà mes soupçons pendant la retraite, je l'avais vue rechigner à trinquer au pot de départ – ni toutes les autres de la suivre dans la foulée, je présume. J'avais quitté le groupe WhatsApp entre-temps.

L'édifice a commencé à tanguer au début de notre deuxième année de mariage. Je me souviens d'avoir saigné le jour de la Toussaint, au retour de l'église où j'étais allée comme chaque année allumer un cierge pour l'âme de mon petit frère. Hugues était resté au régiment les quatre semaines précédentes. Nous n'avions pas laissé passer la période d'ovulation. Nous étions performants, rigoureux, motivés. Et mariés depuis presque un an et demi.

Je n'avais encore rien dit à Hugues – ce rien qui a toujours suffi chez mes parents à en dire davantage que n'importe quoi. Nous suivions le programme à la lettre, il n'y avait pas de note de bas de page cachée, aucune information à ajouter. Et puis Clémence m'a proposé de venir passer un week-end entre filles dans son nouveau chez-elle, et j'ai accepté l'invitation après avoir vérifié qu'elle ne tombait pas sur une date propice.

Elle avait épousé Bertrand à la fin du mois d'août, j'avais été l'une de ses cinq témoins. Ils s'étaient installés à Rennes, où son jeune mari avait intégré l'école qui formait les directeurs d'hôpital. Ce week-end-là, Bertrand participait à un enterrement de vie de garçon, et nous avions toute latitude pour essayer, Clémence et moi, de ranimer notre complicité d'antan entre les quatre murs de leur petit logement sens dessus dessous, à peine mieux meublé qu'une chambre du Crous, en paressant devant des épisodes de *Downton Abbey* et en nous nourrissant de chips et de Yop à la vanille. Clémence effectuait des remplacements comme prof d'histoire dans plusieurs établissements privés de la région, des paquets de copies à corriger jonchaient le plancher.

Au départ, le côté approximatif de sa nouvelle existence m'avait rassurée. La lumière blanche d'hiver traversait difficilement les carreaux de son salon exigu – et ce n'était pas la faute des rideaux, inexistants. Je n'avais pas encore eu l'occasion de faire valoir mes talents, si appréciés chez les épouses de militaire, d'aménagement express du cocon marital, mais je regorgeais d'idées. Dès mon arrivée chez Clémence, j'avais prodigué mes conseils, encouragée en cela par la supériorité tacite qui s'imposait, à la comparaison de nos apparences et de nos statuts respectifs, et par l'humeur manifestement inaltérable de mon amie, tout sourire dans une sorte de kilt bigarré et informe, associé à une paire de collants en laine d'une couleur suffisamment proche de celle de certains motifs pour révéler qu'elle avait échoué à trouver la bonne nuance. Moi, je ne trahis jamais la règle vestimentaire des trois couleurs. Clémence aussi était mariée, d'accord, mais sa vie semblait brouillonne par rapport à la mienne.

Au bout d'un moment, cependant, ce brouillon m'a alertée. Il était joyeux. Il débordait de vie. Les indices étaient là depuis le début – la poitrine de Clémence plus volumineuse que d'ordinaire, le virgin mojito qu'elle avait glissé à côté d'une sélection de fromages strictement issus de lait pasteurisé dans le caddie pendant que nous faisions les courses –, mais je n'avais pas voulu les voir. Ou plutôt : je les avais si bien vus que je m'étais convaincue qu'ils étaient le fruit d'une illusion, de cette lentille grossissante qui commençait à s'interposer entre mes yeux et la réalité.

« J'ai une faim de loup, je te raconte pas, m'a lancé Clémence depuis la cuisine. En ce moment, j'ai l'impression que je pourrais manger *en continu.* » Puis elle est réapparue, un paquet de chips à la main, son collant bordeaux plissant aux chevilles, les pieds enfouis dans une paire de pantoufles anciennement beiges, sourire jusqu'aux oreilles. À cet instant, je n'aurais eu qu'à poser la question. Mais je m'y suis refusée, me contentant d'exhiber cet horrible sourire involontaire et paradoxal qui déchirait ma face en deux. Tant que je ne pose pas la question, pensais-je alors que j'extrayais sans les déplier les vêtements que j'avais rangés dans mon sac, l'évidence peut ne pas exister.

Nous avons pris place autour de sa vilaine table basse Ikea, celle que tout le monde a, assises en tailleur sur le tapis truffé de miettes, dans ce salon qui sentait le renfermé et dont je faisais à présent défiler dans ma tête, à toute vitesse, les scènes domestiques auxquelles il avait dû servir de décor, comme dans une pub pour une compagnie d'assurances ou un fournisseur d'énergie : les barquettes de nourriture chinoise picorées avec des baguettes au milieu des barricades de cartons, les soirées télé, emmêlés sous un plaid, le café croissants du dimanche matin, et puis ce jour où Clémence avait dû guetter le retour de son mari, lui mettre les mains sur les yeux et le guider jusqu'à la table basse, sur laquelle avaient été déposés un petit body, un biberon, un exemplaire du *Guide du super-papa*, que sais-je, et, en bonne place, le test orné des deux traits fatidiques.

Clémence se goinfrait de rillettes de thon en m'observant d'un air amusé, tandis que je continuais à passer oralement en revue toutes les opérations qu'elle aurait pu entreprendre pour améliorer son intérieur. « Tu ne te doutes de rien ? » m'a-t-elle demandé au moment où je me levais pour aller chercher mon téléphone dans mon sac à main et lui envoyer le lien d'une boutique Etsy qui proposait de très jolies affiches faussement vintage. Sûrement avait-elle attendu que je lui tourne le dos pour pouvoir lancer son assaut.

Je me souviens encore de la fausseté du « Quoi ? » qui s'est étranglé dans ma gorge. Tout mon organisme était occupé à amortir le coup de boutoir que je venais de recevoir en plein cœur. J'ai laissé retomber mon téléphone au fond de mon sac, les mains tremblantes, je suis restée quelques secondes encore accroupie, reprenant discrètement mon souffle, priant pour que reflue l'onde brûlante qui avait submergé mes joues. Lorsque je me suis résolue à retourner m'asseoir, Clémence n'avait toujours pas reparlé. Je souriais tant que j'avais mal aux zygomatiques. « Alors, tu n'as toujours pas compris ? » a-t-elle insisté, sa tartine de rillettes de thon arrêtée devant sa bouche, et elle m'a lancé un regard triomphal – quoique, j'en ai conscience, je fasse preuve d'injustice en employant cet adjectif. Hugues me l'a suffisamment répété : « Ne le prends pas personnellement chaque fois que la grâce touche quelqu'un d'autre que toi. » Clémence ne triomphait pas, elle rayonnait. Elle était comblée, tout simplement. Littéralement. Et elle restait cette demoiselle pudique sur laquelle j'avais jeté mon dévolu dès mon entrée au collège des Loges, à Saint-Germain-en-Laye, quand j'avais reçu, en même temps que la robe chasuble marine et le chemisier blanc col Claudine qui composaient notre uniforme, la ceinture verte à nouer autour de notre buste pour nous identifier comme des élèves de sixième. Alors que je me rasseyais sur le tapis, comme au ralenti, le cœur continuant de tambouriner, elle a très vite détourné les yeux avant de lâcher, sur un ton potache, complètement artificiel :

« Ben je suis enceinte, ma morue !

— C'est pas vrai ? » me suis-je écriée d'une voix que j'aurais voulue vibrante d'allégresse mais dont j'ai instantanément compris qu'elle trahissait un souhait.

C'est pas vrai. Mais c'était vrai. Clémence a opiné du chef avec un sourire penaud et enfantin, comme une petite fille prise la main dans le pot de confiture. Par chance, ni elle ni moi n'avons été élevées dans le culte du contact physique. Je n'ai pas eu à la prendre dans les bras, ni à lui toucher le ventre. J'ai pu me contenter d'écarquiller les yeux et de déboîter ma mâchoire, soulageant aussitôt le bas de mon visage, tandis qu'un autre type de douleur s'invitait sous mes tempes et derrière mes sinus, un surplus de matière brûlante qui s'accumulait sous mon crâne et menaçait à tout moment de déborder. Sans doute ai-je balbutié quelques-unes des banalités habituelles, « Félicitations », « C'est trop bien », « Je suis *tellement* contente pour toi ». Je conserve un souvenir confus des quelques secondes qui ont suivi l'annonce. Ce que je me rappelle, c'est qu'il m'a fallu sortir de l'effroi – l'apprivoiser, plutôt – pour pouvoir lui demander depuis quand. « Un mois tout juste », m'a-t-elle répondu dans un chuchotement où perçait son excitation, convaincue qu'elle était en train de me témoigner son amitié en me mettant dans la confidence aussi tôt, à un stade où une femme sur quatre, dit-on, est susceptible de faire une fausse couche. Je ne pense pas avoir besoin de vous rapporter ce que j'ai pensé à cet instant, quelle horrible prière j'ai formulée. Vous commencez à comprendre le genre de personne que je suis.

Et Hugues aussi, apparemment. J'ai gardé l'information pour moi jusqu'à mon retour à Bayonne, le dimanche soir. Je voulais sentir la présence enveloppante de mon mari, pouvoir pleurer tout mon soûl. Ce week-end allait peut-être avoir cette vertu : crever l'abcès, comme on dit, nous permettre de nommer le néant. J'ai attendu que nous soyons tous les deux confortablement installés face à face de chaque côté du canapé, moi en tailleur, lui fermement campé contre l'accoudoir, pour lui rapporter comment j'avais pris sur moi pour ne pas fondre en larmes en écoutant Clémence me raconter par le menu le scénario déjà figé, mythologique, des toutes premières semaines, les seins douloureux, les jours de retard auxquels elle avait à peine prêté attention, le test effectué un matin, quand même, Bertrand qui s'était levé d'un bond et l'avait soulevée du sol en l'attrapant par la taille, le geste avec lequel elle avait mimé ce long mari osseux dont le bonheur avait fait un colosse. Et puis j'ai mentionné le coup de grâce, quand Clémence, en partant, m'avait pudiquement glissée entre deux bises combien elle avait hâte qu'on partage « ça ». Et c'est ce « ça » qui, en le répétant à Hugues le dimanche soir, m'a fait craquer. Il a ouvert les bras en soupirant, révélant ses biceps sous son fin gilet en cachemire. J'ai fait un mouvement presque animal pour me propulser dans le creux de son épaule. Dilatées par les larmes et la morve, les fibres de laine avaient une consistance spongieuse et salée, presque comestible.

Je n'ai pas vraiment eu le temps d'en profiter. Au bout d'un court silence qui aurait dû m'alerter, Hugues m'a demandé si je ne risquais pas d'être en retard pour ma réunion Écoute. Domitille pouvait accoucher d'un moment à l'autre mais elle avait tenu à maintenir ce rendez-vous mensuel, hébergé à tour de rôle par un des militants de la région. Avec la menace du délit d'entrave, l'heure n'était pas au relâchement. Ce soir-là, nous devions nous retrouver dans la vaste demeure guéthariare d'un retraité de l'industrie pétrochimique, l'homme en espadrilles du rosaire que j'avais depuis appris à connaître, un septuagénaire père de cinq enfants qui n'avait jamais milité pour rien mais que notre ferveur, pendant un tractage au sortir de la messe à Sainte-Marie, avait convaincu de donner de sa personne et de son porte-monnaie. Il y avait vingt minutes de voiture au bas mot pour se rendre chez lui, que j'allais devoir effectuer avec Domitille, énorme, et deux autres épouses aussi fertiles que des matriochkas.

J'ai dit que je n'avais pas la force. J'ai senti les muscles d'Hugues se raidir, j'ai compris qu'il essayait de se libérer de notre enlacement. Je me suis redressée en m'essuyant le nez du revers de la manche et me suis retrouvée agenouillée, chevilles sous fesses, dans une position inconfortable, le pied risquant de glisser dans l'espace entre le dossier et le coussin d'assise, collée à mon mari mais séparée de lui par une frontière invisible, tandis que lui, toujours adossé à l'accoudoir, jambes écartées, me dévisageait d'un air préoccupé. « Tu ne vas quand même pas renoncer à ton engagement à cause de ça. » Lui aussi avait recours à cette périphrase. *Ça*. Quoi, ça ? Ma jalousie ? Notre infécondité ? L'immonde pensée que j'avais eue quand Clémence avait précisé le stade de sa grossesse ?

Puis sa préoccupation s'est muée en consternation alors que je bafouillais que je n'étais pas en état, que je n'avais qu'une envie, c'était qu'on se mette au lit en regardant une idiotie sur son ordi. J'étais figée dans cette posture contorsionnée, incapable de bouger malgré la douleur aux chevilles et aux mollets. Si je faisais un geste, j'entérinais la dispute. Peut-être étais-je en train de rêver. Mais Hugues s'est obstiné, de plus en plus sévère, m'abreuvant de questions rhétoriques : « Tu ne voudrais quand même pas que je t'encourage à ne pas y aller ? », « Tu crois que mes gars ont eu la possibilité de reculer, sur le terrain, quand je leur ai demandé de sauter de l'hélico ? », « On remporte quelle victoire, dis-moi, si on bat en retraite au premier désagrément ? » J'aurais préféré qu'il me fasse son laïus à la forme affirmative. Au moins, je n'aurais eu qu'à baisser la tête et à encaisser – au lieu de quoi, je devais reprendre mon souffle entre chaque point d'interrogation pour faire semblant de m'apprêter à répondre. Mais je n'avais rien à répondre. J'étais une égoïste envieuse et nombriliste, voilà ce qu'il n'osait pas dire. Et il avait raison.

J'ai été à la réunion et à toutes les suivantes. J'avais épousé un guerrier qui pensait avoir trouvé en moi son âme sœur, une descendante de chouans, une fille d'objecteur de conscience, une Marianne de La Manif pour tous, une vierge qui avait tenu bon jusqu'à l'autel. C'était cela qu'Hugues avait vu en moi et à présent il se sentait floué sur la marchandise. J'ai donc repris les armes. Et à peine un mois plus tard, alors que mon horloge interne venait encore de délivrer son inflexible verdict sanglant, et l'Assemblée nationale d'adopter définitivement la proposition de loi relative à l'extension du délit d'entrave à l'interruption volontaire de grossesse, faisant de moi une hors-la-loi, je n'ai pas tressailli quand Clémence m'a annoncé d'une voix blanche que la sage-femme n'avait pas entendu le cœur battre à l'échographie du premier trimestre. Seules comptaient mes actions, c'était elles que Dieu jugerait. Il se fichait de savoir que j'avais imperceptiblement commencé à détester mon mari.

Je viens de nouveau de croiser le clochard. Il est encore là, en bas des marches, comme jeudi dernier. J'ai dû le contourner parce qu'il bloquait presque le passage. Il s'était extirpé de son duvet, qui s'étalait sous ses fesses comme un sac-poubelle. Les cuisses écartées, les genoux fléchis, il offrait à la vue de tous les passants ses pieds nus, si noirs que j'ai cru un moment qu'il avait des chaussettes. Plusieurs canettes de bière étaient posées entre ses jambes, à côté d'un poste de radio qui grésillait. Il portait un sweat à capuche beaucoup trop grand, un jean baggy en lambeaux. Et il éructait. J'ai vu la béance entre ses lèvres. J'ai sorti mon téléphone pour faire semblant de lire un message et éviter de croiser son regard.

Je ne sais pas si Sixtine se serait agenouillée pour ouvrir son porte-monnaie, dans ces circonstances. Ce clochard a quelque chose de menaçant, vous ne trouvez pas ? Je ne serais pas étonnée que vous lui ayez déjà parlé. Vous êtes un bon samaritain par vocation. Moi non. Cet homme est perdu pour le Royaume des cieux. Donnez-lui une pièce et vous pouvez être sûr qu'il se l'injectera aussitôt dans les veines.

Ce genre de phrases, c'est Hugues qui me les souffle. Il n'en revient pas du nombre de punks à chien qui errent par ici. C'est la première chose qui l'a frappé quand nous sommes venus nous installer à Montauban, en septembre dernier, après nos deux années en Afrique. Nous y avions pourtant vu notre lot de misère. Mais la pauvreté là-bas n'avait pas une telle odeur de déchéance. « Je te nettoierais tout ça », dit-il souvent, les rares dimanches où nous arrivons encore à faire semblant de flâner côte à côte dans le centre historique. Je te nettoierais tout ça, on ne devrait pas laisser de telles épaves s'exhiber devant les enfants. Le souci, c'est que je ne parviens plus à savoir à qui appartient ce genre de phrases. À la voix de l'ange ou à celle du démon ? Mais enfin, ce n'est pas pour vous parler d'un toxicomane que je suis venue ici, ce n'est pas pour disserter. Je suis venue admettre les crimes que j'ai commis. Que j'ai commis seule, en mon âme et conscience.

Hugues a raison de dire que je bavasse. Je bavasse, je ne fais que ça. Je ne serais pas là si je n'avais pas autant aimé bavasser. « Qu'est-ce que vous avez à bavasser comme ça, pendant des heures ? » me demandait-il quand je rentrais un peu tard du thé des épouses, à Dakar. « Tu veux pas arrêter de bavasser ? » m'a-t-il souvent dit en me surprenant en pleine conversation téléphonique avec Sixtine. Il doit être content de voir que j'ai arrêté d'appeler ma sœur.

Ça y est, je recommence à être injuste. Je sais que votre fonction vous incite à pardonner mais j'ai peur du portrait que je suis en train de vous brosser d'Hugues, peur que vous ne le preniez pour un monstre. Pardonnez à Hugues, je vous en prie. Hugues a fait comme il a pu. Six années sans réussir à me remplir le ventre, cela a dû être aussi dur pour lui que pour moi. Même s'il ne le disait pas. Même s'il considérait qu'il était inutile d'en parler, qu'il suffisait de garder la foi. Qu'aurait-il pu me dire, de toute façon ? Il avait fini par se vider dans le pot, et moi, j'avais été intégralement auscultée. Rien ne nous empêchait de concevoir, disaient les résultats. Pourtant, tandis qu'autour de moi, les filles tombaient enceintes comme des mouches, je continuais de saigner tous les vingt-huit jours. Quelques mois seulement après la perte de son fœtus, Clémence attendait un nouveau bébé. Cette fois, elle avait été plus prudente, ne me l'annonçant au téléphone qu'à la fin du premier trimestre.

Influencée par Sixtine, je venais de m'inscrire sur Instagram. Très vite, l'algorithme m'a ciblée pour ce que j'étais : une chrétienne en espérance d'enfant, aussi me suis-je retrouvée avec un tas de photos de ventres ronds, de vidéos de *gender reveal*, de publicités se déclenchant toutes seules sur les méthodes naturelles d'aide à la procréation, de liens vers des articles de la presse religieuse consacrés à d'anciens inféconds dont l'endurance avait été récompensée par Dieu. « Comment je suis tombée enceinte en trois cycles grâce à la naprotechnologie », « J'ai été guérie de mon infertilité par Jésus-Hostie ». C'était hypnotique. Les anciennes Marianne de La Manif pour tous qui se dessinaient des barres de batterie sur leur ventre tendu : « Loading, 50 % ». Les militantes anti-IVG de Saint-Germain-en-Laye qui disposaient sur une feuille trois épingles à nourrice les unes à côté des autres par ordre de taille décroissant, avec dans celle du milieu, une quatrième, toute petite. J'avais l'impression de m'être mariée la veille et, en un battement de paupière, les filles autour de moi avaient déjà enchaîné sur le deuxième, elles n'attendaient même pas leur retour de couches, elles étaient entrées dans le tunnel de la grossesse perpétuelle. Les photos de *Tchoupi bientôt grand frère*, les *New baby is coming*, les *Oops we did it again*, les *Paf ça fait des chocapic*, les *Proud mum of 2*, les émojis du poussin jaillissant hors de sa coquille. Je passais de plus en plus de temps sur Instagram. Hugues levait les yeux au ciel quand il me voyait scroller.

Son impassibilité me meurtrissait. J'aurais voulu qu'il me parle de sa déception plutôt que l'entendre dire d'une voix neutre, impossible à décrypter, « On sait ce qu'il nous reste à faire avant de nous coucher », une phrase qui pouvait aussi bien faire référence à nos intentions de prière qu'à notre intimité ; j'aurais voulu qu'il ne me parle pas comme un prêtre. J'avais grandi avec un tel homme. D'ailleurs Hugues aussi s'est mis à dire « Dieu peut tout ». « Dieu peut tout et tu te décourages déjà ? Et le Christ dans le désert ? » Parfois, pourtant, il relevait un coin de ses lèvres, haussait un sourcil, sa voix se grippait comme une pierre à briquet, et je me demandais s'il n'était pas simplement en train de me mener en bateau. « Et Pierre, à Gethsémani ? » Peut-être aurais-je dû rire, tout bêtement. Cela faisait presque trois ans que nous étions mariés et je n'étais toujours pas capable de le déchiffrer. Je baissais la tête, je m'excusais. Pas plus qu'à ceux de papa, je ne savais répondre à ses argumentaires.

Il connaissait toujours mieux l'Évangile, avait toujours mieux suivi que moi les homélies. Comment pouvais-je aller à la messe tous les dimanches pour y manger le corps du Christ et troquer si rapidement ma confiance en Dieu contre une confiance opportuniste en la science ? s'emportait-il parfois. Comment pouvais-je être aussi impatiente ? Et comment, surtout, moi qui œuvrais chaque jour à sauver des innocents, moi qui bravais la loi humaine pour obéir à la loi divine, comment pouvais-je ignorer que le Seigneur donne quand Il le veut, qu'un enfant n'est pas un caprice, ni un droit, ni un article de consommation qu'on obtiendrait sur un coup de tête ou dont on se débarrasserait en une pilule ?

Je sais qu'il souffrait. Qu'il souffre encore. Vous ne croyez pas qu'il souffre, lui aussi ? Qu'il mérite autre chose qu'une femme qui le déteste ? Le pire, c'est que j'ai l'impression que maintenant, il a envie de parler. Quelle ironie, n'est-ce pas. Au bout de six ans. Il est prêt à bavasser au moment où tout en lui m'est devenu insupportable, jusqu'au son de sa voix. Au moment où j'ai tant de secrets à lui cacher. J'ai presque de la nostalgie en repensant à cette époque où je n'avais qu'à baisser les yeux quand je l'entendais aligner les références bibliques. *Et Marie, devant le tombeau ? Et Lazare ? Et Marthe ?*

Hier, sur le chemin pour assister à la messe dans la paroisse de ses parents, je n'ai pas pipé mot de tout le trajet. J'ai deviné dès qu'il a reçu son ordre de mutation en juin dernier que nous allions les voir très souvent, qu'après les deux années autarciques à Dakar, notre retour dans la mère patrie allait se faire sous le feu des projecteurs : nous habitons à moins de deux heures de Brive. Dans la voiture, Hugues n'arrêtait pas de mettre sur pause son podcast d'accompagnement au carême pour m'interroger sur des aspects de ma vie qu'il ignore d'ordinaire. Par exemple, les nouvelles épouses de l'unité. Nous sommes ici depuis septembre mais il a attendu Pâques pour savoir où habitent les Mazurel, et si la femme du caporal est aussi mauvaise langue qu'elle en avait l'air au dernier « Moment de cohésion », et comment la jeune épouse de son sous-off a supporté le premier déploiement.

Il ne m'a jamais autant paru laid qu'hier. Je voyais qu'il se creusait les méninges pour trouver le meilleur moyen d'aborder un sujet en particulier, un frisson traversait son visage, un courant électrique qui creusait subrepticement le sillon entre ses sourcils, semblait renforcer la protubérance de son menton, une galoche qui prolongeait l'angle carnassier de sa mâchoire, cette perpendicularité que j'avais tant admirée, au début de notre histoire, comparée aux mentons fuyants de mes ancêtres. À présent, son profil m'irrite parfois si violemment que j'ai l'impression qu'il le fait exprès, qu'il s'efforce de me mécontenter. Puis sa main aux ongles carrés a quitté le volant, résolument, pour se diriger vers l'autoradio, l'abbé a été coupé en plein milieu d'une phrase sur la thérapie du cœur à laquelle le carême nous soumet, et j'ai juste eu le temps de me retourner vers le paysage pour éviter son regard. « Donc, c'est sympa, votre ciné-club ? Tu m'as dit que vous aviez projeté quoi, déjà, la dernière fois ? »

J'ai regretté qu'il ne parle pas par-dessus la voix. Qu'il n'affronte pas franchement le sujet. Hugues n'est pas du genre à tergiverser, pourtant. Encore maintenant, alors que je m'arrange pour faire semblant de lire sur le canapé le plus longtemps possible, il n'hésite pas à venir me chercher dans le salon quand il a besoin d'un de ces « câlins » qui y ressemblent si peu. Il le dit sans ambages, toquant à l'encadrement de la porte, en tee-shirt et caleçon : « Ça te dirait pas, un petit câlin ? » Parfois, il se contente de m'envoyer un texto depuis notre lit : « Câlin ? », sans l'accompagner systématiquement d'un smiley clin d'œil. Quand je le rejoins – car je le rejoins, la plupart du temps, je finis par céder, la chair est faible, je ne serais pas face à vous, sinon –, le drap est déjà tendu au-dessus de son entrejambe. Bref, Hugues est un homme direct. Mais hier, il lui a fallu une demi-heure de route pour lâcher le morceau. « J'ai parlé à Christophe, tu sais, du rendez-vous du 6 juin », a-t-il dit sans rappuyer sur play.

À une période, il n'y a pas si longtemps, j'étais obsédée par l'idée de convaincre Hugues de bien vouloir initier un processus de procréation médicalement assistée. J'aurais vendu mon âme pour qu'il consente ne serait-ce qu'à se renseigner avec moi sur Internet. Et aujourd'hui qu'il accepte d'aller consulter, c'est trop tard. Un soir, il y a un mois et demi, après un câlin en plein cœur de la fenêtre de tir, il m'a donné d'une voix rendue pâteuse par la toute récente satisfaction de ses besoins physiques l'autorisation d'appeler le CHU de Toulouse. J'ai dû faire semblant de le remercier.

« Il dit que si on arrive là-bas en exposant tout de suite nos limites aux médecins, ça va », a-t-il poursuivi, derrière son volant. J'ai acquiescé avant qu'il n'enchaîne sur les cellules souches, et le droit de l'embryon, et les médecins ivres de leur toute-puissance cherchant à contrecarrer les plans divins. Marmonné que j'avais hâte. J'ai l'habitude de lui mentir. Je pouvais feindre de me réjouir de cette perspective, comme j'avais feint de me réjouir d'apprendre qu'un désistement nous permettait de bénéficier d'un rendez-vous dans quelques semaines seulement, début juin, quand la plupart des couples devaient attendre six mois au bas mot, et que ce rendez-vous tombait pile trois jours après le retour de son prochain déploiement.

Je l'avais informé de l'aubaine par texto, dès que j'avais raccroché avec la secrétaire du centre de PMA, je n'avais pas envie qu'il m'étudie pendant que je feignais la joie. « Pour une fois qu'on n'est pas obligés d'être patients, m'étais-je risquée à écrire. Pour une fois qu'on peut bénéficier d'un passe-droit. » Je n'étais pas encore venue ici, pourtant, je ne vous connaissais pas, mais je savais déjà que nous n'honorerions pas le rendez-vous. Je n'attends qu'une chose maintenant, la voilà, mon impatience : qu'Hugues parte afin que je puisse recevoir entre ces murs ma pénitence. Plus que dix jours à tenir. Ensuite, j'appellerai le CHU pour annuler la consultation. Je ne sais pas ce que je leur raconterai. Ni à Hugues. Mais peu importe, j'aurai tué mon âme, je serai devenue une autre femme.

« Oui, on fera ça, super », ai-je répété en regardant défiler derrière ma vitre la tristesse du paysage autoroutier. Le seul rendez-vous qui m'importait, c'était celui avec vous, aujourd'hui. J'avais hâte de reprendre ma confession.

Tous les Lanafoërt nous attendaient à l'église : les parents d'Hugues, sa grand-mère, ses deux frères, sa belle-sœur, ses neveux. À nous tous, nous occupions un banc entier, le banc des Lanafoërt, brochette d'hommes trapus à la mâchoire carrée, dégradé de cheveux en brosse allant du noir de jais à l'argenté, et même les femmes semblaient nées dans ce moule-là, même Mme Lanafoërt, solide, bien campée sur ses mollets épais, masculine malgré la largeur de ses hanches et de son bonnet, taille inexistante, et moi-même, en fait – je réalise, maintenant que je vous parle –, moi-même je suis devenue une Lanafoërt, avec mes jupes trois quarts, mes mocassins, mes twin-sets à col rond, mes bas couleur chair. J'ai l'impression que mes cheveux ont bruni depuis que je les ai coupés, que les derniers reflets de soleil africain s'en sont allés avec les mèches sur le sol du salon du centre-ville de Montauban dont j'ai poussé la porte comme une furie à notre retour de Dakar, après être allée me prosterner devant l'autel de Notre-Dame-de-l'Assomption, quand je croyais encore pouvoir artificiellement me racheter en me déguisant en vieille dame caté de vingt-huit ans, me retenant pour dire à ce garçon coiffeur qui portait au moins trois boucles d'oreilles que je savais aussi ce que c'était que de vivre dans le péché, mais que je ne l'exhibais pas, moi, que je n'en faisais pas une « fierté ».

Je me suis éclipsée de l'église pendant le chant d'envoi, à la fin de la messe, après avoir passé tout l'office à réfléchir à ce que j'allais vous dire aujourd'hui. Hugues pense que la fréquentation du rite latin le rend d'autant plus attentif aux mots de la liturgie lorsqu'ils sont prononcés en français ; qu'il ne saurait plus assister à aucun office d'une oreille distraite, et je l'entendais, en effet, j'entendais sa voix grave tonner dans les refrains, aussi vigoureuse qu'un reproche, et je devinais qu'il était concentré, totalement absorbé dans son dialogue avec le Seigneur. Pas moi.

Devant le parvis, j'ai sorti mon téléphone par habitude, désœuvrement. Mais je n'avais pas plus de messages à lire que tout à l'heure, devant le clochard. Personne ne m'avait écrit. Depuis que j'ai arrêté les permanences à Écoute, il y a un mois, je peux passer des journées entières sans recevoir aucun message de qui que ce soit. Des messages qui me sont personnellement destinés, je veux dire. Ce que j'apprends de la vie de mes sœurs transite désormais par un canal collectif. J'ai par exemple lu que Sixtine partait ce week-end à Barcelone pour l'enterrement de vie de jeune fille d'une de ses meilleures amies. Avant, elle m'aurait appelée pendant des heures pour me parler des préparatifs.

Puis ma belle-famille m'a rejointe et j'ai dû encaisser leurs coups d'œil inquisiteurs. Après plusieurs années à porter en public des vêtements près du corps, j'ai appris en grossissant au Sénégal à ferrer le regard de mes interlocuteurs afin de les empêcher de s'aventurer sur ma taille incertaine et d'en tirer des conclusions erronées. Me suis entraînée à enfouir mes yeux dans les leurs et à ne pas les lâcher. Mais hier, face à ma belle-mère, je n'en avais pas la force. Surtout avec tous les mensonges qu'elle aurait pu lire entre mes paupières.

J'ai fixé de nouveau l'écran vide de mon téléphone, cette photo d'Hugues et moi sur la plage des Mamelles, ce cliché mensonger, vide, lui aussi. Jacques Lanafoërt était parvenu à attirer l'attention du curé – le visage radieux et la chasuble blanche tendue sur l'abdomen, ce dernier faisait froufrouter autour de lui ses manches drapées. « Mon père, je ne crois pas que vous ayez été présenté à Agnès, notre bru en or. » Le curé a incliné la tête poliment dans ma direction et j'ai savouré ce répit, sourire, serrer la main, dire Bonjour, mon père. « Mais bien sûr ! s'est écrié le curé. Je me souviens, ça y est. Élisabeth m'a beaucoup parlé de vous et de vos engagements. » Jusqu'ici je n'avais été qu'une ombre qu'il saluait par automatisme, cette fois il me voyait vraiment. Il allait comprendre. Lui, un homme de foi. Il allait me démasquer. Mais il continuait à sourire, l'air sincèrement convaincu de parler à une sainte.

Alors j'ai joué la comédie, une fois de plus. Dit que j'assurais toujours les permanences à Écoute, « plutôt deux fois qu'une ! », connaissant la position de ma belle-famille et du curé sur la nécessité de braver la loi pour convertir les cœurs. Me suis enthousiasmée de l'ouverture prochaine, à Toulouse, d'une nouvelle Maison Marthe et Marie destinée à accueillir au sein d'un même appartement étudiantes chrétiennes et femmes enceintes en grande précarité. J'ai promis que j'allais me renseigner sur la façon dont je pourrais leur prêter main-forte depuis Montauban tandis que je sentais mes joues s'enflammer, la sueur perler sous mes aisselles et à la racine de mes cheveux, comme un voile de condensation sur une bouteille de soda, consciente que je portais sur moi la marque de mon péché. Mon péché n'est pas d'avoir quitté Écoute. Mon péché est de ne pas l'avoir fait plus tôt.

Pendant la dernière année où nous vivions à Bayonne, j'avais failli jeter l'éponge. Le délit d'entrave avait été adopté, tout juste amendé des quelques garde-fous que nos militants, en haut lieu, étaient parvenus à faire voter. Nous subissions un harcèlement continu de la part des médias et des lobbies de toutes sortes. Plusieurs groupes d'action avaient dû changer l'adresse de leur site, son apparence, car supposément trompeuses, supposément conçues de façon à brouiller les pistes, à pousser les contactantes à se croire reliées à quelque organe émanant de la Sécurité sociale. Comme si la main de l'État constituait le gage d'une digne prise en charge des femmes. Notre site était dans le viseur. Le terme « Écoute » était devenu proscrit. Mais notre fondateur avait eu la bonne idée, des années plus tôt, d'acheter tout un éventail de noms de domaine et nous n'avions eu qu'à passer d'Écoute à Entraide.

J'étais la seule, à Bayonne, à me rendre aussi disponible. Même les retraitées devaient parfois garder leurs petits-enfants. Souvent, l'un des responsables de secteur, à Paris, m'appelait pour me demander si je voulais bien remplacer tel écoutant au pied levé, et j'acceptais. Au départ, volontiers. J'étais honorée d'être celle sur qui on pouvait compter. Et puis Clémence est tombée enceinte, elle a perdu le bébé, elle est retombée enceinte, Sixtine m'a initiée à Instagram, toutes les filles sont tombées enceintes, et j'ai continué à dire oui.

À chaque sollicitation d'Écoute, je disais « oui, bien sûr », de manière d'autant plus affirmative qu'une voix en moi implorait le contraire, donc je disais oui tout le temps, même quand Hugues rentrait de Barkhane, même quand nous sacrifiions ainsi une soirée tranquille que nous aurions pu mettre à profit, une fenêtre de tir. Sans Écoute-Avortement, je n'avais plus de sens, je devenais une coquille vide. Le matin, je me levais quelques minutes après mon mari, réveillée par le trille autoritaire du percolateur qu'il actionnait en tee-shirt et caleçon, rasé de frais. Je me glissais face à lui, en pyjama, sous les violents spots de la cuisine cernée par la nuit noire, surprenant dans son regard le halo d'une déception, plus consciente que jamais de mon haleine ensommeillée, de mes cheveux aplatis par l'oreiller, de mes lèvres si fines qu'elles semblaient se dissoudre dans la peau alentour, de mon corps ni menu ni plantureux, large où ce n'était pas nécessaire, étroit où c'était mal-venu. Nous échangions quelques informations désarticulées par-dessus la matinale de Radio Courtoisie, il me donnait la date du Grand Gala, je lui racontais mes rêves en beurrant une biscotte, lui exposais mon programme de la journée, mais je comprenais à la façon dont il levait soudain la main pour me faire taire, ou dont il haussait brusquement le volume de la radio en insultant l'interviewé, qu'il n'aurait pas cillé si je m'étais mise à m'exprimer dans une langue étrangère.

En l'embrassant sur les lèvres devant la porte, je ressentais toujours un soulagement qui prenait la forme d'une urgence. Hugues partait et je pouvais souffler, me précipiter dans les toilettes au bout du couloir pour y relâcher mes sphincters. J'avais huit heures devant moi pour devenir une meilleure personne. Je me douchais consciencieusement, me brossais les dents, faisais le lit, aérais toutes les pièces, pliais le linge, épongeais la table de la cuisine, lançais une nouvelle machine. J'avais tant de fois vu ma mère s'affairer ainsi le lundi matin, à l'aube, quand j'étais la première des enfants à descendre petit-déjeuner et qu'elle était déjà en train de récurer la marmite de la veille, de cirer des mocassins, de raccommoder l'ourlet d'un uniforme. « À quelle heure vous vous êtes levée ? » lui demandais-je, admirative et presque dépitée, incapable de déceler en elle la moindre trace de fatigue. « Oh, je ne sais pas, cinq heures trente ? » répondait-elle, évasive, avant d'aller garnir le grille-pain. « Je t'interdis de quitter cette pièce le ventre vide » était sa devise.

Malgré tout, j'ai toujours jugé que ma mère aurait pu tenir plus impeccablement son foyer, que de ce point de vue-là aussi, je serais la copie réussie. Et c'est ce que je m'employais à faire à Bayonne tous les matins. Sauf que j'avais fini en un rien de temps. Je n'avais pas de lessive à programmer tous les jours, moi. La table de ma cuisine était rarement jonchée de miettes. Dès huit heures trente, je m'ennuyais. Dissuader des femmes d'avorter, tel était mon rôle, c'était comme ça que j'allais devenir une meilleure personne.

Quatre jours par semaine, à 8 h 55 précises, je me connectais à l'intranet du site, entrais mes identifiants et recevais sur mon écran les messages des contactantes. Je m'installais en général sur le canapé, un plaid sur les genoux, l'ordinateur portable sur la table basse à côté d'une théière fumante, invoquant autour de moi une atmosphère recueillie que j'imaginais propre à la création. Si la discussion devenait dense, ardue, qu'elle requérait une agilité sur le clavier compromise par ma position, si, circonstance exceptionnelle, plusieurs contactantes inscrivaient en même temps leur requête dans la petite fenêtre en bas à droite de l'écran, je me précipitais jusqu'à la table du salon, l'ordinateur à la main, laissant le plaid glisser par terre, et j'avais l'impression d'être un écrivain soudain touché par la grâce, courant pour ne pas perdre l'inspiration. Mais il n'était pas rare qu'une matinée se déroule sans la moindre connexion au tchat.

Parfois, j'appelais le webmaster à Paris – la dernière année à Bayonne, quatre bénévoles se relayaient à ce poste, un séminariste féru de technologie, le mari retraité de l'une des responsables de secteur, ancien directeur d'une boîte de conseil en informatique, et deux étudiants en école de commerce – pour m'assurer que l'interface ne buggait pas. Cela occupait le temps et me permettait de ratifier mon rôle au sein de l'organisation. J'en profitais pour demander s'il y avait des mails en souffrance, si je pouvais aider à la rédaction d'un article. On me promettait toujours de faire suivre, de me tenir au courant, mais je n'étais jamais sollicitée.

À midi trente, je m'octroyais une pause. Si j'avais eu une matinée fructueuse, fait réfléchir une physio, convaincu une psycho, je m'offrais une formule à sept euros à la boulangerie d'en bas – quiche lorraine, éclair au café et Coca light. Parfois, je la savourais au soleil, sur un banc, dans le square d'en face. Je ne risquais pas d'y voir des enfants à l'heure du déjeuner. Mais quand les échanges avaient été décevants, si bourrés de fautes d'orthographe qu'ils frôlaient l'illisible, que les filles s'étaient déconnectées au bout de trois questions, que j'avais attendu en vain d'entendre un bip résonner en errant sur les réseaux sociaux – d'abord Twitter, pour essayer de me forger par moi-même une opinion politique, m'abonnant sans une seconde d'hésitation à tout profil exhibant le *nun* des chrétiens d'Orient, puis me repliant vers le territoire domestique et féminin d'Instagram, dénombrant les enfants, calculant les écarts entre le mariage et la première naissance, puis entre le numéro 1 et le numéro 2, le numéro 2 et le numéro 3, zoomant soudainement sur un *outfit of the day*, une robe de mariée ou le visage d'un époux, me ressaisissant, likant les vidéos des innombrables comptes dévotionnels, cherchant à me galvaniser avec des contenus militants qui me rappelaient que la vie est un don de Dieu sur lequel nous avons tous le devoir de veiller –, bref, ces jours-là, je restais déjeuner à la maison et me cuisinais un petit frichti, comme on a toujours nommé, chez moi, cette addition de restes, quignons de pain et rogatons de fromage, qui nourrit les femmes quand les hommes font bouillir la marmite.

Je reprenais la permanence à 13 h 30 et m'arrêtais à 15 heures. Ou plus exactement 14 h 50, pour avoir le temps de faire le tuilage par téléphone avec l'écoutante qui prenait le relais jusqu'à 19 heures, avant le déploiement de l'équipe du soir, composée des pontes de l'association, les mères de famille à deux chiffres, les vétéranes de la lutte anti-Pacs, celles qui avaient reçu une bénédiction des mains de saint Jean-Paul II. Les créneaux du soir demandaient une expertise qu'on ne me reconnaissait pas – il y avait plus de contactantes le soir, elles étaient plus dispersées, plus pressées, échauffées par leur journée de travail. Et sans doute avait-on considéré, au sommet, qu'une jeune mariée sans enfant avait d'autres missions à accomplir à l'heure où son époux revenait du travail.

Après le tuilage – j'avais rarement d'informations importantes à transmettre à celle qui me succédait ; dans les rares cas où j'étais en plein milieu d'une conversation avec une fille quand arrivait l'heure de la relève, je lui signalais que j'allais empiéter sur sa permanence, le temps d'achever l'œuvre entamée –, j'étais souvent saisie d'un malaise semblable à celui qu'on éprouve en se réveillant d'une sieste, je me sentais hagarde et vaguement nauséeuse. Je m'étais ennuyée, j'avais bayé aux corneilles, j'en avais fini avec quelque chose qui n'avait pourtant aucun début, aucune fin, qui n'entretenait qu'un lien distancé et contestable avec le réel.

Je vous l'ai dit, huit fois sur dix, les filles disparaissent, nous glissent entre les doigts, rejoignent les limbes peuplés d'ombres et de débris d'émotions où vont également s'échouer les rêves. Pour des raisons légales, par souci de ne laisser aucune trace, surtout depuis l'institution du délit d'entrave, le site ne conserve aucune archive des échanges (ou alors est-ce le serveur qui est chiffré ? Ou crypté ? Je n'ai jamais rien compris à ces subtilités). De la même façon, nous évitons de poser des questions trop frontales aux contactantes pour ne pas les effrayer, pour qu'elles aient l'impression que nous tenons à la confidentialité, si bien qu'à la fin de la semaine, j'étais incapable de me remémorer quel jour j'avais parlé avec telle physio de dix-sept ans et demi mise enceinte par son « coach à la salle », avec telle mère célibataire spi obsédée par le « retour de karma », avec telle

Africaine psycho, probablement sans papiers, engrossée par son logeur et terrifiée à l'idée de sentir un premier coup de pied.

« Ne te laisse pas envahir », me disait maman, à qui j'aimais téléphoner quand j'avais terminé ma permanence, histoire de me reconnecter avec la preuve la plus tangible de mon existence – ma mère, mes racines. « Ne te laisse pas envahir ou tu vas être victime du syndrome du Saint-Bernard », me sermonnait-elle, et je savais à qui elle faisait référence, à ces quelques vieilles tantes, cousines, amis des équipes Notre-Dame ou de la communauté de l'Emmanuel qui avaient cru, à un moment de leur parcours, pouvoir porter à bout de bras toute la misère du monde, avaient recueilli des sacs de riz, prêté leur pied-à-terre à des Chaldéens, voté François Bayrou. « Ce que tu fais, tu le fais pour la Vie. Ne cherche pas à lui donner un visage, sinon tu vas t'attacher, et c'est l'autoroute pour la souffrance inutile », voilà ce qu'elle me disait, et je la soupçonne d'avoir déjà deviné, à l'époque, dans quelle curieuse posture je me trouvais, à passer mes journées à recueillir la parole de femmes que la grossesse touchait comme une malédiction.

Mais elle avait raison, je devais m'en tenir à ce principe, chaque âme sauvée était un pas de plus vers la sanctification, quelle qu'elle soit, de quelques entrailles elle soit le fruit. Là-dessus, Hugues et maman se rejoignaient – ma mère n'est pas fille de militaire pour rien. Lui se battait pour la Patrie, moi pour la Vie. Pas pour le bébé d'une telle, conçu pendant une nuit d'ivresse, ni de celle-là, arrivé sous stérilet, ni encore de celle-ci, qui n'arrêtait pas d'écrire qu'elle était « grave en susu » et qui était beaucoup trop jeune, beaucoup trop aux abois pour rendre plausible le scénario qu'elle s'acharnait à m'exposer, selon lequel elle avait simplement oublié à quand remontaient ses dernières règles et n'avait donc aucun moyen d'estimer la date de la grossesse, et ne voulait pas « faire chié » celui qu'elle ne pouvait pas s'empêcher, une fois sur deux, d'appeler « papa » tout court plutôt que « le papa », lequel lui avait apparemment juré que rien ne pourrait lui arriver. Les âmes ne sont pas responsables de la façon dont elles ont été engendrées.

D'ailleurs c'était moi qui inventais le scénario, moi qui comblais les vides et les erreurs de syntaxe, cousais les images ensemble, mettais des têtes sur les pseudos : pour « Nadia », une trentenaire maghrébine croisée dans le bus qui racontait au téléphone dans un inextricable mélange de français et d'arabe une histoire de radiation par Pôle emploi ; pour « Lou », la serveuse du dernier restaurant où m'avait invitée Hugues, limonadier coincé dans la ceinture de son short déchiré, des tentacules tatoués s'échappant de son décolleté ; pour « fifty 45 », la caissière du Monoprix, une petite blonde à la carrure d'oiseau, les cheveux si raides qu'ils n'épousaient même pas la forme de son crâne, avec une frange toute droite sur le front – comment pourrait-elle mener une grossesse à terme ? Son bassin allait être atomisé comme un biscuit par le passage du bébé ; l'épouse de l'un des gars d'Hugues pour « Viva-Paula », une femme à la silhouette ondulante que je voyais chalouper entre les stands aux journées portes ouvertes du régiment, et dont les longs doigts mous et les ongles en amande, plus encore que la peau foncée et les cheveux d'un noir presque bleu, me donnaient l'impression d'avoir affaire à un alien, une créature grandie aux antipodes, sous un soleil radicalement différent du mien, peut-être malgache, peut-être tahitienne, peut-être un peu de tout ça, comment voulez-vous que je le sache ?, originaire d'une contrée, en tout cas, où les femmes devaient s'offrir dans des huttes, sur des nattes, ouvrir leur corps emparessé par la chaleur, aux muqueuses moites, accessibles, gorgées de sang, tellement plus foncées que les miennes – des femmes résignées, obéissantes, hospitalières par habitude, prêtes à recevoir cette giclée de spermatozoïdes jaillie d'individus habitués à combattre la nature à mains nues.

Mais c'était mon imagination malsaine qui divaguait. Je devais me concentrer sur les âmes. Les âmes. Ne pas me laisser parasiter par les cauchemars. Et pourtant, chaque jour, quand je fermais la session, la nausée qui me gagnait me semblait plus tenace que la veille, le retour à la réalité plus lent, l'hébétude opaque. J'étais toujours aussi douée pour arriver à la gare de triage, j'avais un stock de répliques choc pour la deuxième phase qui allait en augmentant : « As-tu déjà essayé d'imaginer à quoi ressemblerait ta famille si la naissance de tous tes ancêtres avait été programmée ? », « Laisse-moi te raconter une histoire. Il était une fois un petit garçon beau comme un ange... », « J'imagine que tu as déjà mangé un Kinder Surprise quand tu étais petite ? Imagine que... » Je savais répondre de manière suffisamment floue à la contactante qui me faisait part de sa peur de ne pas réussir à retomber enceinte le jour où elle l'aurait décidé – j'avais assisté à une conférence, mise en ligne par une puissante fondation, à laquelle une psychologue avait été invitée, témoignages de patientes à la voix trafiquée à l'appui, pour parler du syndrome post-abortif et du risque aggravé de passage à l'acte suicidaire qu'il comportait. Je savais employer les mots *irréparable, tragique, opportunité, eugénisme, bébé* (jamais *fœtus* ni *embryon*, règle numéro 1). Et j'étais bardée de contacts à transmettre, à présent. Je diffusais le nom de tous les foyers d'accueil pour femmes précaires, la Maison de Marthe et Marie, de Tom Pouce, les Maisons Lazare, Espérance, j'avais l'impression d'être à la fois avocate et assistante sociale – écrivain, aussi, parfois, quand je parvenais à imager mon argumentaire sur toute la longueur de la phase 2.

Tu te souviens comme tu aimais les Kinder Surprise quand tu étais petite ? Le temps que tu passais à contempler l'œuf en chocolat, en savourant par avance le moment où tu allais pouvoir le déballer ? Peut-être que tu faisais partie de ces enfants qui font durer le plaisir ? Saurais-tu me dire ce que tu préférais ? Le chocolat ou le jouet ? Tu ne pourrais pas, bien sûr, c'était ça qui rendait le Kinder Surprise si unique.

Eh bien, imagine que naître femme, c'est recevoir un Kinder Surprise. Petite, tu regardes l'œuf. Puis ta féminité se révèle, et c'est le moment où tu enlèves l'aluminium. Tu te retrouves avec un bel œuf lisse et sucré entre les mains. Tu peux manger l'œuf en entier avant de t'intéresser à la capsule jaune qui contient le jouet. Le jouet, c'est l'expérience de la maternité. Tu as le droit de ne jamais ouvrir la capsule, d'y renoncer, de la ranger quelque part et de ne plus jamais y penser, ou de l'offrir à quelqu'un d'autre. Ou bien tu peux l'ouvrir et choyer le jouet. Mais dans tous les cas, une fois que tu auras mordu dans le chocolat, la capsule jaune apparaîtra. Tu le sais bien, il y a un jouet dans tous les Kinder Surprise. C'est ça que tu aimes dans le Kinder Surprise. Le chocolat et le jouet.

Le chocolat et le jouet. La première fois que j'avais dégainé cette analogie, je venais d'arriver à Bayonne. J'étais si fière de ma trouvaille que je l'avais rapportée à Hugues le soir même, avec dans la voix une pointe de gourmandise dont j'assumais la portée grivoise – une grivoiserie théorique, en quelque sorte, car le plaisir n'existait encore pour moi que sous la forme d'une intuition. Mais je n'ai jamais été aussi gourmande que lorsque je ne savais pas jouir. Après, les mois passant, j'ai regretté de l'avoir dite. La grivoiserie n'était plus assez forte pour supplanter la honte – honte de savoir qu'Hugues pouvait se référer à cette image, honte qu'il prenne conscience d'avoir choisi au magasin le seul Kinder Surprise sans jouet à l'intérieur. À la fin de Bayonne, j'en étais là. Remise de mon orgueil.

Il était 15 heures quand je débauchais et j'avais encore trois ou quatre heures devant moi avant le retour d'Hugues, s'il n'était pas en mission quelque part. La plupart du temps, j'allais chez Domitille – c'était plus facile pour elle, avec les enfants. Ils venaient d'emménager dans une maison neuve en périphérie de la ville, qui n'était pas sans m'évoquer les aspects les plus déplaisants de la maison de Montigny, le bazar, la disparité des styles de mobilier, les traces d'éponge humide sur le miroir de la salle de bains. En chemin, j'essayais de me changer les idées, j'écrivais plein de messages sur WhatsApp, j'inondais le groupe « Sisters » de considérations plus ou moins spirituelles : la dernière saison de *Call the Midwife* que j'avais dévorée en trois soirs, mon récent coup de fil à Marie-Astrid, le temps qu'il faisait au Pays basque, ma quête d'une nouvelle paire d'escarpins confortables, le best of de mes échanges de la journée avec les contactantes. Mes sœurs me manquaient, même Odile. J'avais l'impression d'être un soldat au front. Puis j'arrivais chez Domitille, gravissais les marches du perron encombré de trottinettes et pressais la sonnette. J'entendais toujours un enfant crier avant que ne s'élève la voix de mon amie, « J'arrive ! », et elle apparaissait à la porte, mal fagotée, ses cheveux réunis dans une natte sur le côté, un bébé sur la hanche et un sourire béat aux lèvres.

Une fois sur deux, j'avais droit, pour touiller mon café, à une cuillère issue d'un set de vaisselle en plastique pour enfant. Domitille ne s'en rendait sans doute même pas compte, occupée qu'elle était à changer une couche ou secouer un biberon, disparaissant plusieurs minutes à l'autre bout de son pavillon en me hurlant des : « J'arrive ! J'arrive, Agnès ! » à intervalle régulier. Parfois, si pour une raison x ou y, un enfant n'avait pas pu aller à l'école, il venait se camper sur le seuil de la cuisine et me regardait en se tordant les doigts, attendant sans doute que je l'invite à venir s'asseoir sur mes genoux, que je lui tende un biscuit, que je l'interroge sur sa vie. Je me contentais généralement de lui sourire. L'absence de Domitille m'exemptait du besoin d'en faire plus – je n'avais plus la force, au stade où j'en étais. D'autant que nous avions des tas de choses à voir ensemble, Domitille et moi. Même si son emploi du temps ne lui permettait d'assurer que trois heures de permanence hebdomadaire sur le site d'Écoute-Avortement, elle n'en restait pas moins coresponsable de l'antenne basque. Parfois, très rarement, nous avions aussi des rendez-vous en visioconférence avec des membres de la direction.

Pour l'occasion, Domitille se pomponnait. Quand elle ouvrait la porte, j'en restais presque coite. Je l'avais déjà vue sur son trente et un à certaines soirées du régiment mais ces jours-là, c'était différent : elle n'était pas le faire-valoir de son mari en uniforme, elle dégageait une prestance étonnante, ses cheveux fraîchement lavés révélant une ondulation que je ne leur connaissais pas, ses lèvres peintes de rose pâle, son chemisier tendu par une belle poitrine d'allaitante. Sûrement, pensais-je, si elle avait pu exercer un travail salarié, dans une entreprise, un commerce, quelque part, elle aurait ressemblé à ça tous les jours. Nous ne serions jamais devenues amies. Nous n'aurions pas parlé la même langue.

Mais ce n'était pas le cas : nous la parlions, cette même langue qui se transmettait de génération en génération et qui nous permettait d'évoquer nos tracas les plus intimes sans nous forcer à employer des mots indélébiles ; de comprendre à quel type d'intimité faisait référence une phrase comme « j'avais l'espoir qu'on se retrouve tous les deux hier soir, avec Guillaume, mais Alban est venu dans notre lit parce qu'il a fait un cauchemar », à quelle partie du corps l'expression « j'ai une gêne depuis deux jours » se référait, quel projet était en jeu dans « on s'y mettra après les travaux ». D'ailleurs, dans notre langue, cette question-là, celle de quand nous nous y mettrions, n'avait même pas besoin d'être prononcée à voix haute pour être abordée. Au bout d'un an à passer la majorité de nos après-midi ensemble, chez elle ou devant l'église, brandissant côte à côte des pétitions contre l'IVG, contre l'euthanasie, contre l'utilisation des cellules germinales, Domitille m'avait demandé sans préambule si j'avais déjà entendu parler de la naprotechnologie, cette méthode d'aide à la procréation naturelle principalement basée sur des conseils d'alimentation et l'observation de la glaire. Elle avait fait des miracles pour un couple d'amis. Oui, avais-je répondu, on devrait peut-être franchir le pas. Et j'avais dit le principal, la seule information qui comptait.

Cycliquement, Domitille revenait prendre la température. Elle l'avait fait ce jour de février où nous avions rendez-vous sur Skype avec deux membres de l'équipe encadrante pour discuter du projet, résultant d'une fusion avec une association concurrente en perte de vitesse, d'ouvrir une ligne d'écoute téléphonique. « Donc Hugues reste avec toi pendant les deux semaines à venir ? C'est bien, ça », avait-elle commenté, et je me souviens d'avoir été choquée qu'elle vise si juste, je m'étais dit que ça ne pouvait pas être un hasard, qu'elle savait à quel stade du cycle j'en étais, qu'elle avait senti sur moi la chaude odeur du sang, presque cuite, réconfortante – moi aussi, j'avais l'impression qu'elle me remontait jusqu'au nez. J'avais opiné du chef, tout en m'autorisant le petit sourire ironique et désabusé que je réservais maintenant aux plus proches, à Sixtine, à Clémence, jamais à maman, celui qui voulait dire « comme si ça allait marcher, comme si j'allais vraiment tomber enceinte ». Puis nous avions discuté avec les deux militantes versaillaises et j'avais accepté, sans même me rendre aux deux après-midi de formation à Paris, de me lancer dans l'écoute téléphonique, encouragée par la confiance que tout le monde semblait placer en moi, après tant de mois de bons et loyaux services sur le tchat. « Il vous suffira de dire à l'oral ce que vous dites si bien à l'écrit, avait assuré la retraitée en twin-set pastel dont la mauvaise connexion figeait les expressions en des grimaces grotesques. Vous avez une voix charmante, ça passera comme dans du beurre. »

Et c'est ce qui s'est vérifié, dès mon baptême du feu, la semaine suivante. J'avais écopé d'un créneau quotidien, de 16 à 18 heures, pendant lequel tous les appels à destination du numéro indiqué sur le site étaient transférés sur mon portable, si bien que je n'avais qu'une heure de battement entre ma session de tchat et ma session d'écoute. Je recevais rarement plus d'un appel, et encore, pas tous les jours. Mais j'avais investi dans un bon kit mains libres et je m'efforçais de mettre du cœur à l'ouvrage. Ça avait marché au début. Entendre la voix des filles déclenchait en moi une montée d'adrénaline, me reconnectait à la réalité du combat, à son risque, à ses gratifications. Il était plus difficile que par écrit de passer au tutoiement, plus difficile, aussi, de laisser libre cours à mes fantaisies associatives, de prêter une physionomie fugace à une simple voix. Ou disons que l'effort était différent, je n'avais pas de surnom auquel me raccrocher, mais j'avais un timbre, une substance qui me coulait directement dans le tympan, plus ou moins sèche, plus ou moins grave – une fois que je l'avais laissée se loger au creux de ma tête, amplifiée par l'oreillette, elle y convoquait de manière autoritaire l'entièreté d'une personne.

Nous avions convenu avec la direction d'accueillir les contactantes par un simple *allô*, un « chaleureux et bienveillant » *allô*, un *allô* qui dirait notre disponibilité intégrale plutôt qu'un « Conseil IVG, j'écoute » qui aurait sonné trop call center. J'avais appris à dire allô en souriant. En imaginant que je souriais en tout cas. Souvent, la fille hésitait, bafouillait, elle était bien moins entreprenante que par tchat, et cela me laissait les coudées franches pour atteindre en quelques secondes la gare de triage. Mais ce jour-là, le jour dont je voudrais vous parler, les choses se sont corsées tout de suite.

Je me souviens, c'était début avril, je faisais de l'écoute téléphonique depuis un mois et demi. Clémence venait d'accoucher de François-Joseph, elle l'appelait déjà son petit Franz. La fille a appelé à la fin de mon créneau, au moment où je me disais qu'une journée allait encore s'achever sans un seul coup de fil. Elle avait une belle voix, une voix chaude, riche, qui me faisait penser à une corde lisse, jusqu'au moment où elle se tordait. Une voix forte qui semblait pourtant toujours sur le point de se briser.

« Je suis désespérée », a-t-elle lancé d'emblée, sans hésiter, alors que venait tout juste de mourir le chaleureux et bienveillant *ô* de mon *allô*. Une telle franchise m'a déboussolée et je me suis mise à bafouiller. « Ah, euh », ai-je dit, avant de demander, sur un ton qui n'avait plus rien de chaleureux et qui faisait pour le coup complètement call center : « En quoi puis-je vous aider ? » C'était la fin de ma journée, j'attendais un appel, casque sur la tête, depuis une heure, assise sur le lit infertile de notre chambre conjugale – seul endroit de l'appartement où le réseau était infaillible –, après avoir passé l'autre moitié de la journée à tchatter avec une inconnue dyslexique, j'étais fatiguée, en plein symptôme prémenstruel, mais j'en rajoute peut-être, allez savoir.

« M'aider ? a fait la voix, tout hérissée d'échardes. Vous pouvez revenir dans le passé ? » J'ai senti un aplomb, une effronterie à l'autre bout du fil, je n'étais pas habituée à avoir affaire à ce genre de filles. Dès les premières secondes, j'ai compris qu'elle allait prendre la conversation en main. Qu'elle avait du plaisir à déployer les imprévisibles modulations de sa voix. J'ai commencé à passer mentalement en revue mon stock d'arguments, « Ce qui compte, ce n'est pas d'où l'on vient mais où l'on va », « Sais-tu que dans la panique, ton corps dégage une hormone qui brouille tes capacités de discernement ? », mais rien ne convenait à ce scénario inédit. Je me suis limitée à dire que j'étais là pour l'écouter, en essayant de revenir à l'olympienne mansuétude de mon *allô*. « Vous allez juste m'écouter ? a-t-elle demandé. Je pensais que vous pouviez m'aider. Il faut qu'il parte, ce... ce... » Soudain, j'ai cru qu'une brèche s'ouvrait, j'allais voler à sa rescousse en suggérant « bébé ? » pour l'aider à finir sa phrase. J'ai cru retrouver la trace de mes anciennes conversations, pouvoir poser mes pas sur un sentier battu. Mais je l'ai entendue prendre une profonde inspiration avant de me faire remarquer qu'elle avait lu qu'« embryon » était le terme approprié avant dix semaines. « Les mots ont un sens, non ? » a-t-elle dit, toujours avec le même aplomb, quelque chose qui aurait pu s'apparenter à de la narquoiserie s'il n'y avait eu cette voix, cette voix prête à dérailler mais qui ne le faisait jamais.

« Il faut que je me débarrasse de l'amas de cellules que quelqu'un m'a mis dans le ventre. » Je n'avais pas eu le temps de rétorquer sur la question de la terminologie – j'étais au point, pourtant, c'était un grand classique de nos journées de formation, je savais débiter par cœur des études et des argumentaires comme celui de la « personne potentielle », ou la façon dont un nouveau-né, dans les premières semaines, continue de se conformer à ses rythmes de vie intra-utérine ; mais elle était déjà en train d'embrayer : « Je n'ai rien demandé, moi. C'était mon patron. Je n'allais pas refuser d'aller dans le bureau de mon patron. » Là, elle a marqué une pause. Maîtrisée, comme tout ce qui émanait d'elle à travers mon casque. J'avais la bouche sèche, une montée d'adrénaline qui n'irriguait pas les bons canaux. Ces fameuses hormones qui brouillaient mon discernement. Était-elle en train de m'avouer le pire ? Son ton était si sarcastique.

Nous n'aimons pas, à Écoute, interroger les circonstances ayant conduit les femmes jusqu'à nous. Accepter que certaines conjonctures justifient certains choix abolirait le caractère inviolable de nos principes. Mais quand la fille, d'elle-même, semble vouloir se libérer d'un poids, la consigne est, une fois de plus, d'accueillir. Accueillir les mots et la souffrance dans un premier temps, histoire de pouvoir ensuite se concentrer sur le principal, les risques de séquelles et le deuxième cœur battant.

« Est-ce qu'il y a quelque chose que vous avez envie de me dire ? » me suis-je enquise à contretemps, appliquant idiotement la feuille de route. Mon cerveau était engourdi par la présence dans ma tête de cette personne aussi sinueuse qu'une corde. « Ben, je viens de le faire, non ? Je suis enceinte de l'homme que je hais le plus sur Terre. Je veux avorter. Qu'est-ce que vous me proposez ? » J'ai répondu que comme ça, par téléphone, ce que je pouvais faire, c'était lui expliquer les « différentes options » et les implications de chacune. J'ai cru l'entendre pousser une sorte de gémissement, comme un cri qui serait directement passé de sa poitrine à sa bouche, sans traverser le moindre tissu mou – vu les circonstances, ça ne pouvait être qu'une expression de détresse, et pourtant j'aurais été prête à parier qu'elle se moquait. « Vous voulez parler des différents types d'IVG ? J'ai calculé que j'en suis à sept semaines d'aménorrhée, ça me laisse le temps de prendre le médicament, non ? »

Pendant une minute ou deux, j'ai eu droit à un répit. J'ai dit qu'en effet, elle pouvait avaler deux pilules de misoprostol, et je lui ai expliqué en toute objectivité les différentes étapes du protocole. Puis elle a voulu savoir en quoi consistaient les autres options, celles dont je lui avais parlé. J'ai évoqué l'IVG instrumentale, en anesthésie locale ou générale, mais j'entendais mon pouls battre à mes oreilles, je savais que j'approchais du point de non-retour. « Le bébé mourra sans doute dans le tuyau de l'aspirateur », ai-je dit d'une voix tremblante, une fois achevé mon exposé. De nouveau, ce rengorgement sans mucus, ce déraillement parfaitement maîtrisé. « À quel moment est-ce que je vous ai demandé ce qu'il adviendrait de l'embryon ? »

J'ai eu une espèce de sursaut, comme si elle venait de toucher un point sensible – c'est ce qu'elle a dû penser, elle. Que j'étais endoctrinée, totalement sous la coupe de mes maîtres à penser. Ma voix vibrait presque lorsque j'ai riposté : « Parce que ça concerne aussi le bébé, cette opération. Même s'il ne peut pas s'exprimer. » Mais ma colère n'était pas dirigée là où elle le pensait. C'était fini, tout ça. Je n'avais plus les tripes qui se tordaient d'indignation lorsque je lisais les posts de mes camarades de lutte qui soulignaient les deux poids deux mesures d'une société offrant des cercueils capitonnés pour des bébés désirés morts in utero, et envoyant à l'incinérateur ceux volontairement expulsés du ventre de leur mère. Je likais par mimétisme, je partageais par habitude. Non, à ce moment-là, je me moquais du destin de tous ces êtres assassinés. C'était à elle que j'en voulais. À elle qui osait se plaindre.

« Arrêtez de dire le bébé, a-t-elle sifflé. Je ne veux pas que vous employiez ce mot. Vous n'avez pas dit que vous étiez là pour m'aider ? L'embryon ! Dites l'embryon. » J'ai tenu bon, un temps : « Je veux bien vous écouter et vous donner des renseignements, mais ne me demandez pas de dire que la Terre est plate. Deux gamètes humains, quand ils se rencontrent, créent un troisième être humain. » J'aimais bien cet argument. La Terre plate. Je connais les caricatures qui circulent sur nous dans les médias, rappeler notre attachement à la vérité scientifique fait donc toujours son petit effet. Mais la science n'intéressait pas cette fille. Elle voulait parler d'elle, de son corps, de son ventre, de ses émotions.

« Pensez ce que vous voulez, mais il est en moi, là, alors je veux qu'on l'appelle embryon, d'accord ? » Son ton s'est fait menaçant. La corde se contorsionnait sur elle-même, ses fibres à vif, tranchantes, mais elle ne se brisait pas. J'ai eu peur. La colère qui avait jailli de ma bouche, quelques secondes auparavant, était retournée se tapir en moi, très loin de ma gorge, tandis que la fille dans le casque continuait à m'intimider. « On laisse bien les parents prénommer leurs enfants. Il est en moi, il est à moi, c'est clair ? Alors ça ne concerne pas le bébé. Ça concerne un amas de cellules. Ça concerne l'embryon. Répétez après moi : ça concerne l'embryon. » J'étais acculée, envoûtée. J'ai répété : « Ça concerne l'embryon. »

Quand j'y repense, c'est cet instant de la conversation que je regrette le plus. J'aurais pu m'opposer, raccrocher le téléphone, j'aurais pu me laver les mains de cette situation qui ne me regardait pas, moi, Agnès Lanafoërt née Plée, vingt-cinq ans et incapable de tomber enceinte, j'aurais pu laisser cette fille se débrouiller avec ce cadeau divin qui m'était refusé, au lieu de quoi je me suis couchée comme un caniche, j'ai obéi. « Merci », a-t-elle lâché d'un ton sadique, avant de me redemander s'il y avait d'autres options. J'étais à bout de forces, épuisée par ce bras de fer.

« Ben… vous pouvez garder le… vous pouvez poursuivre la grossesse, ai-je bredouillé en prenant sur moi.

— Élever l'enfant de mon violeur ?

— Il n'y est pour rien, lui… » ai-je objecté, mais par habitude plus que par conviction. J'aurais dû dire qu'en l'empêchant de vivre, elle le rendait à son tour victime du crime qu'elle avait subi, mais j'avais trop peur, j'étais trop fatiguée.

« Donnez-moi une bonne raison de le garder », a-t-elle lancé, presque magnanime.

J'entendais sa satisfaction grossir à l'autre bout de la ligne. Elle passait un bon moment.

« Ce n'est pas mon rôle de faire ça », ai-je menti.

Elle a insisté.

« Allez, ça m'aiderait que vous le fassiez.

— Eh bien, on peut considérer que toute vie humaine est sacrée », ai-je déclaré de guerre lasse. Puis j'ai répété, par précaution : « On *peut* le considérer. »

Et là, le vrai cauchemar a commencé. Elle m'a demandé si je savais combien de personnes étaient mortes dans la Méditerranée au cours du mois dernier. J'ai dit « pardon ? », et j'ai eu l'impression que sa voix sautait d'une octave. « Toute vie humaine est sacrée, c'est bien ce que vous dites ? Alors pourquoi vous ne vous battez pas pour les sauver, ces vies-là ? » Poussée dans mes retranchements, j'ai trouvé la force de répondre : « Je ne me bats pour rien, je suis là pour vous écouter, pour répondre à vos questions sur l'IVG », mais ma voix n'était pas aussi agile que la sienne. En montant, elle devenait aigre.

La suite m'est tombée dessus comme une pluie de coups. Je peux vous en faire le verbatim. « Ah bon ? Vous ne vous battez pour rien ? Vous n'êtes pas l'une de ces immondes associations d'intégristes qui essaient de convaincre des pauvres filles paumées de ne pas avorter ? Qui jouent sur la peur et la désinformation ? » Je m'étais fait piéger, évidemment. La fille n'était ni enceinte ni victime. Elle n'avait sûrement pas de patron, d'ailleurs. Elle devait être l'une de ces étudiantes à la crinière hirsute que j'avais vues errer devant la fac de Nanterre en collant des manifestes féministes. J'avais fait preuve d'un « aveuglement criminel », j'aurais dû « mourir de honte », a-t-elle poursuivi. Comment avais-je pu la laisser m'avouer un viol sans l'encourager à porter plainte ? Pourquoi avais-je plus d'égards pour un organisme encore dépourvu de nerfs que pour une femme dont l'intégrité corporelle avait été piétinée ? Et puis elle a essayé de me faire peur : « Vous savez que c'est illégal, ce que vous faites ? Que je pourrais vous dénoncer ? » Mais je crois que c'est sa vulgarité qui m'a asséné le coup de grâce. Ses mots entraient dans ma tête, jubilatoires – je l'entendais prendre son pied. « Qu'est-ce que ça peut vous foutre, ce que les femmes font de leur ventre, de leur cul, de leur chatte ? Un bébé, ça se désire ! Vous en savez quelque chose, du désir ? Vous savez qu'on peut avoir un rapport sexuel consenti ? Qu'on peut baiser pour le plaisir ! Vous avez pas d'autres choses à foutre ? Vous avez pas des curés pédophiles à dénoncer ? » Du moins, je crois. Je crois qu'il a ensuite été question des curés pédophiles, de notre hypocrisie, tous des pédés refoulés, mais j'étais trop étourdie pour réagir. J'avais les oreilles brûlantes, le cerveau court-circuité par ces quelques mots, chatte, cul, désir. Un bébé, ça se désire.

Le soir, quand Hugues est rentré, il m'a trouvée recroquevillée sur le lit, le visage chiffonné, le nez hypertrophié. Je n'ai pas osé lui raconter ce qui s'était passé. Il a sans doute cru que je venais d'apprendre la grossesse d'une amie, que je pleurnichais une fois de plus sur mon sort – était-ce si loin de la vérité ? En tout cas, il n'a pas posé de questions. Il s'est contenté de s'asseoir au bord du lit et de lancer un « Ça va ? » si formel, si fermé, que je n'ai pas eu d'autre choix que d'opiner. Puis il s'est penché vers moi pour m'embrasser et j'ai compris à la lenteur avec laquelle il s'est écarté qu'une idée venait de germer dans son esprit. Ce n'était pas souvent qu'il me trouvait au lit en fin d'après-midi. J'étais si flapie d'avoir pleuré que je me suis laissé déshabiller comme une poupée. J'avais le bout des fesses qui fourmillaient.

Il n'a pas enlevé nos chaussettes, ni les miennes ni les siennes. Tandis que le soleil couchant à travers les rideaux en lin étirait les ombres de la jardinière sur le balcon et incendiait de pourpre les murs de la chambre, quelque chose m'a saisie, une force venue d'ailleurs, une démangeaison qui pressait mes muqueuses et me forçait à effectuer des mouvements sur lesquels je n'avais pas de pouvoir, un roulis croissant, une démangeaison obsédante qui s'attaquait à des parties de mon anatomie dont j'avais fini par penser qu'elles étaient défectueuses – à croire que m'était soudainement poussé là un réseau de terminaisons nerveuses –, et qui avait pour effet d'augmenter mes perceptions physiques en même temps qu'elle réduisait mes pensées à quelques bribes obsessives, périlleuses, effrayantes, la voix de la fille, la corde tranchante, et je ne sais pas si c'était pour lutter contre elles ou cette nouvelle sensation, jaillie en dépit de ma volonté à un moment où je ne l'attendais plus, que j'ai tenté d'étouffer les cris qui sortaient tout seuls de ma gorge, aussi déchirants que ceux d'une bête qu'on égorge. J'aurais dû louer le Seigneur de me faire enfin connaître la grâce de la jouissance, or je me sentais piégée.

Pendant des jours, j'ai eu peur de recevoir un appel de ma direction, que la fille m'ait bel et bien dénoncée, qu'elle ait enregistré l'appel, que je sois devenue la risée de mes pairs, de mes adversaires, d'Internet. Je me préparais mentalement, presque soulagée à l'idée d'être bientôt contrainte de quitter Écoute, de ne pas avoir à en prendre la décision moi-même. Et puis je me suis rendue à l'évidence : je n'avais rien dit de répréhensible, j'avais été lâche, tétanisée. Aussi impuissante que dans un cauchemar. Par une ironie du sort, ma pleutrerie face à cette fille à la voix de corde m'avait sauvée, ma pleutrerie avait sauvé l'association de toute poursuite. Je n'étais même pas capable de porter nos combats, la seule chose que je savais faire, c'était pousser des cris d'animaux quand Hugues essayait en vain de me féconder. Finalement, personne ne m'a forcée à arrêter Écoute. Hugues a reçu sa mutation, nous partions pour l'Afrique noire, j'avais deux mois à peine pour préparer notre déménagement, dire adieu à mes trois années de vie à Bayonne et mettre à jour mes vaccins, or j'ai augmenté mes heures de permanence. J'aurais pu comprendre que je déraillais, mais non, j'ai continué de dissuader des futures mères de se faire avorter de leur bébé. Même celles qui avaient vraiment été violées, les petites sœurs de sainte Agnès, celles qu'une chevelure miraculeuse n'avait pas protégées. À mes oreilles, le diable et l'ange parlaient désormais d'une même voix. Une voix de corde, et elle était enroulée autour de mon cou.

Au Sénégal, je faisais des cauchemars une nuit sur deux. Le scénario changeait rarement. Maman débarquait à l'improviste au régiment. Tantôt je la voyais apparaître dans le faisceau de ma lampe torche, allongée sur le canapé jambes écartées, tel un pantin désarticulé. Tantôt je la débusquais sur la plage des Mamelles, vêtue d'un boubou, foulant pieds nus cette étendue de sable jonchée de cailloux étincelants et de sacs en plastique, pareils à des cadavres de méduse. Chaque fois, c'était moi qui la repérais en premier. Une nuit, alors que je me rendais en survêtement à la soirée de Noël, je l'apercevais en pleine conversation avec le colonel, de dos. Puis je l'entendais rire très fort, un rire indécent que je ne lui connaissais pas. Elle se retournait, un verre à la main, et c'est à ce moment-là que j'apercevais son ventre gigantesque, impudique, son gros ventre fertile de femme enceinte jusqu'aux dents. D'ailleurs la taille de ses dents avait spectaculairement augmenté. Elle caressait son ventre et m'apostrophait en criant : « Agnès, ma chérie, je t'attendais pour la mise bas. »

Cette phrase-là revenait régulièrement. Maman était souvent cruelle dans mes rêves. Et elle était invariablement enceinte. Chaque fois que je me réveillais, j'avais besoin de calculer son âge pour me rasséréner. Je le savais, mais il fallait que j'en éprouve la réalité sur le bout de mes doigts, que je compte le nombre d'années qui la séparaient vraisemblablement de la ménopause. Elle était née en 1970, nous étions en 2018, elle n'avait plus enfanté depuis 2004, je n'avais aucune raison d'avoir peur. Et pourtant, je crevais de peur tout le temps.

L'Afrique me terrifiait, mais pas pour les raisons que j'avais imaginées avant d'y atterrir seule, une nuit de septembre, recrachée par l'Airbus sur un tarmac plongé dans l'obscurité – cette obscurité qui n'existe à ma connaissance que dans l'hémisphère Sud. J'avais anxieusement parcouru des yeux la foule que peinait à contenir une rangée de barrières de sécurité, entre la piste et l'aérogare, puis cherché la silhouette blanche parmi la masse grouillante de chauffeurs de taxi qui hurlaient pour attirer les voyageurs au pied des lampadaires vibrant sous l'assaut des phalènes. Hugues avait dû partir à Dakar avant moi, il avait réceptionné nos caisses maritimes d'un si petit cubage, un cubage de couple sans enfant, un cubage qui ne risquait pas de creuser le déficit des Armées, et je l'ai enfin aperçu, qui m'attendait en civil, déjà à l'aise dans ce pays sans air, en short et espadrilles, tutoyant le grand type qui nous a conduits d'un pas traînant jusqu'à sa vieille berline peinte en jaune et noir.

Comment vais-je pouvoir les reconnaître ? me suis-je dit, alors que je m'employais, sous le regard moqueur d'Hugues, à faire preuve vis-à-vis du chauffeur d'une politesse à toute épreuve, une politesse française, aristocrate (« Merci, Monsieur », « Pardonnez-moi, Monsieur, je n'arrive pas à descendre la vitre arrière »), dont j'allais avoir tant de mal à me départir – *Ils t'en voudront si tu les traites sur un pied d'égalité,* me répéterait pourtant Hugues. Comment vais-je pouvoir les reconnaître, donc. Mais cette crainte était infondée. Le peu de Noirs qui gravitaient autour de nous avaient des rôles précis qui s'intégraient parfaitement à notre vie quotidienne et me les rendaient parfaitement familiers. Il y avait Coumba, notre « fatou », qui venait faire la lessive et briquer notre maison déjà immaculée deux fois par semaine, monsieur Ibrahima, qui somnolait sur une chaise au pied de l'immeuble, se redressant d'un bond pour ouvrir la porte ou décharger les poignets à la peau blanche endoloris par les anses des sacs de courses, Pierre-Aimé, l'employé de la supérette du camp, sa femme Monique, qui vendait des rochers coco de sa fabrication, Gassimou, le chauffeur guinéen que nous nous partagions avec Maëlle Piron et Ophélie Herrenschmidt quand nos hommes étaient sur le terrain, les quelques employés du Beach Club de la plage des Mamelles, leur patron en mocassins vernis, dans le visage duquel j'étais incapable de ne pas voir une copie trait pour trait du profil chevalin du cousin Aymard, les quatre petits mendiants de la rue adjacente, qui venaient toquer à notre vitre quand nous nous aventurions en voiture hors du périmètre géré par l'armée française, toujours les mêmes, trois garçons et une fillette aux cheveux non tressés dont les pointes tiraient sur le roux.

Mais les autres, les Dakarois, cette inépuisable masse de Noirs qui défilaient derrière la vitre du SUV qu'Hugues avait appris en un rien de temps à conduire à la sénégalaise, s'amusant à en faire crisser les pneus, klaxonnant à tout-va, ces matrones assises, jambes écartées et pieds nus, devant leur tapis de poissons séchés, appuyées contre les feux rouges sempiternellement en panne, ces enfants en guenilles, ces femmes en pagne et tongs décolorées marchant sans faire trembler un seul muscle de leur visage, un plateau de victuailles sur le crâne, ces jeunes hommes musculeux vêtus de tee-shirts publicitaires hors d'âge, sans doute arrachés à un colis de bienfaisance – « Virades de l'Espoir, parc de Sceaux, 7 mai 2004 », « Offert par le conseil départemental de la Creuse » –, qui tenaient à bout de bras des seaux débordant de sacs plastique – aucun de ces Dakarois n'avait besoin de trouver une place dans mon espace mental. Pas jusqu'à ma rencontre avec Pierre Melliot, en tout cas.

Je fréquentais les blanches épouses du régiment, le blanc curé de la paroisse Saint-Claude, les blancs fidèles, les blanches responsables d'Écoute, en visioconférence, quand j'arrivais à capter suffisamment de réseau internet. Des filles dont je continuais à recueillir les confessions par messagerie instantanée – j'avais décidé en concertation avec les équipes parisiennes que pour des raisons techniques, il valait mieux que je ne fasse plus d'écoute téléphonique –, de ces filles, seulement, je ne connaissais pas la couleur de peau. Je parlais peut-être à davantage de filles noires sur Internet que dans la vraie vie.

J'avais si peu de relations avec les locaux qu'une autre crainte s'est aussitôt évanouie à mon arrivée à Dakar : celle des hommes africains. Leurs assauts. Leurs despotiques besoins physiques. J'avais passé les trois mois précédant notre départ à m'imaginer attrapée par surprise dans une ruelle sombre, violée par un séropositif, contaminée. Or je découvrais un monde dont la sensualité m'excluait. Neuf fois sur dix, les hommes ne paraissaient même pas me voir. C'était à Hugues qu'ils s'adressaient lorsque nous allions flâner sur le marché Kermel, à lui que les serveurs du Blue Panama demandaient ce que j'allais boire, à lui, encore, que des rastas en débardeur à l'effigie de Bob Marley lançaient : « D'où tu viens, mon frère, de la France ? Kylian Mbappé ! » Une fois, lors d'un week-end prolongé que nous nous étions offert dans un resort sur l'île de Gorée, j'avais même surpris un de ces jeunes hommes sans âge, sans poil, imperturbablement souriants, un de ces vagabonds qui venaient nous interrompre pendant nos promenades sur la plage et qu'Hugues n'osait pas, à la différence des chiens, éloigner d'une poignée de sable, glisser à l'oreille de mon mari qu'il avait une sœur de toute beauté et qu'il pouvait la lui présenter. Non, les hommes noirs ne me faisaient plus peur. Je me suis vite habituée à l'idée que je n'étais même pas digne d'éveiller leur curiosité. Que, comparé à toutes ces grandes femmes aux fesses rondes et au cou interminable, mon petit corps tassé était repoussant. J'avais entendu l'une des épouses du camp raconter, lors d'une soirée scrapbooking, que les Africains disaient des femmes blanches qu'elles sentaient la mort, et c'était cette image qui me revenait chaque fois que je voyais le regard de l'un d'eux me traverser sans ciller : je suis déjà morte, j'empeste la mort.

Tous les soirs ou presque, quand il n'était pas envoyé en exercice dans le désert pour apprendre aux Africains à tirer sur des djihadistes, à sauter en parachute, à observer l'ennemi avec une lunette infrarouge, Hugues faisait honneur à mon corps puant de morte, libérant dans mon corps mort ses spermatozoïdes que je tuais instantanément avec ma glaire mortifère. Dieu injectait la vie partout, sauf en moi. La vie envahissait chaque centimètre carré, florissait, proliférait, s'immisçait dans tous les interstices, m'assaillait de toutes parts. Les arbres ployaient sous les fruits – les bougainvilliers, les fromagers, les palétuviers, des arbres dont le simple nom, déjà, restait en bouche –, les racines défonçaient le peu de macadam des rues, la végétation d'un vert criard se détachait sans nuance sur l'ocre, le jaune, le brun, toutes ces couleurs organiques qui recouvraient indistinctement les sols, les murs, les enseignes, les étoffes, la peau des gens, et les oiseaux piaillaient si nombreux et si fort qu'ils semblaient se fondre en une seule vibration dont les éclats vacillaient contre mes tympans, presque physiques. Il y avait toujours un coq pour chanter, une chèvre pour bêler, même en plein cœur de Dakar, les vaches se mêlaient aux voitures dans les embouteillages, les rats qui se faufilaient sous les étals des marchés et dévalaient les rigoles abreuvées par la mousson avaient la taille d'un chat, et les chatons pullulaient à chaque coin de rue, duveteux et sales, si minuscules, si adorables qu'ils me donnaient envie de pleurer. Quand j'essayais de lire le soir, le simple rayon de ma lampe frontale rameutait toute une faune de minuscules insectes volants qui se frayaient un chemin à travers les mailles de la moustiquaire et venaient se poser sur ma page, m'aveuglaient, menaçaient de me pénétrer par tous les orifices, à tel point que j'étais obligée d'éteindre, condamnée à regarder le plafond pendant qu'Hugues, s'il était là, ronflait à mes côtés. La nuit n'était jamais silencieuse. La nuit aussi, la vie se perpétrait. Pardon, se *perpétuait*. Je mélange toujours les deux mots.

Je me souviens d'un week-end dans le sud du pays. Nous avions loué à un retraité belge une maison sur une île à l'embouchure du fleuve

Casamance, à quelques centaines de mètres de l'océan Atlantique. Le cadre était paradisiaque, la plage de sable blanc magnifique, mais j'allais avoir mes règles, je le sentais aux tiraillements dans mon bassin, et j'avais passé deux nuits presque sans dormir, réveillée bien avant le premier chant du muezzin, écoutant sa voix transpercer le bruissement de la nuit de sa voix chevrotante, désespérée, que je ne pouvais m'empêcher de rapprocher de celle de mon père lorsqu'il lançait l'invitatoire, à ceci près que le muezzin était vindicatif, quand mon père paraissait résigné. Allongée sous la moustiquaire qui enveloppait notre couche comme une chrysalide, je sentais les veines de mon cou pulser, irriguant mon utérus gonflé à bloc, prêt à se déverser en un flux chaud et épais. Le muezzin a fini de chanter, la faune cliquetait, feulait, grattait, et j'ai pris conscience qu'un serpent aurait pu se glisser sans bruit sous notre porte, ramper jusqu'à notre couche et y grimper par un des pieds en bois. Avant notre départ, monsieur Ibrahima m'avait dit de faire attention au mamba noir. J'aurais pu mourir là, emprisonnée sous ma chrysalide, sans même réveiller Hugues. Personne ne serait venu me sauver, nous étions à une heure en taxi-brousse du premier dispensaire, sans compter la traversée en pirogue. Avec ses crocodiles, ses scorpions, son paludisme, ses eaux souillées, l'Afrique pouvait me tuer.

Le lendemain matin, nous avons entrepris de faire le tour de l'île en longeant le rivage. Hugues avait repéré depuis la pirogue un bâtiment en ruine envahi par la végétation. En discutant avec le patron du seul hôtel de l'île, un vieux hippie toulousain installé en Casamance depuis trente ans, il avait appris qu'il s'agissait d'un ancien pénitencier construit par les Français à la fin du XIXe siècle. Tout ce qui avait trait au passé colonial du Sénégal fascinait Hugues. Il m'a entraînée hors de la case, à peine avalé notre petit déjeuner. Tandis que je marchais pieds nus sur la plage, tenant d'une main le bas de ma robe blanche en plumetis, et de l'autre ma paire de sandales, j'ai senti sous ma voûte plantaire un contact différent de celui du sable, sec et moelleux, compact, presque agréable. J'ai baissé les yeux, soulevé le pied : une traînée de micro-souris reposait là, à moitié ensevelies sous le sable, roides et recroquevillées sur elles-mêmes, comme expulsées. Je me souviens que je n'ai pas crié et que j'ai eu la présence d'esprit de m'en étonner. Je venais tout de même de piétiner des bébés souris. Je venais de piétiner des bébés mort-nés. Mais l'Afrique m'avait habituée déjà à l'abjection, aux cafards volants, aux luisantes grappes d'œufs de mouche. La dernière fois qu'Hugues était revenu de Barkhane, un parasite s'était introduit sous la peau de son mollet. Il avait dû attendre qu'il grossisse pour que l'infirmier du camp puisse inciser l'épiderme et en faire sortir la bestiole, si bien que j'avais passé quelques jours à voir un petit ver se mouvoir le long du mollet musclé de mon mari, déformant sa peau comme une veine. L'épisode avait beaucoup amusé Hugues, il se moquait de mon effroi, collait son mollet contre le mien pour m'arracher un hurlement. Il avait même feint de vouloir donner un petit nom à l'animal qui vivait dans son corps, m'avait proposé de l'aider à le choisir – *Qu'est-ce qui lui irait bien, à ton avis ? Mamadou ?* – avec un air fripon que je ne lui avais pas vu depuis longtemps et qui me paraissait bon enfant, dénué de cruauté, mais allez savoir. En tout cas les bêtes ne me faisaient plus peur, non. Ce n'était pas de la peur, donc, que j'avais éprouvée face à ces cadavres de petites souris livrées à leur sort par une mère s'enfuyant sans doute à l'apparition d'un prédateur – ce n'était pas du dégoût non plus, c'était du soulagement. Ainsi parfois, ça s'arrêtait. Parfois, la vie ne s'en prenait pas à moi, morte parmi les vivants, infertile parmi les surfécondes. Parfois, c'étaient les autres qui mouraient. Moi, je n'avais pas été mordue par le mamba noir. La mère souris si.

Ma rencontre avec Pierre Melliot remonte à cette époque. Six mois environ s'étaient écoulés depuis notre arrivée, six mois encore plus seule – attention, je ne dis pas ça pour me dédouaner –, encore plus isolée, encore plus éloignée de ma famille que je l'avais jamais été. Pierre venait d'achever ses études d'ingénieur et effectuait une mission de deux ans à Dakar pour le compte d'une ONG catholique. Il avait rencontré Ophélie Herrenschmidt lors d'une visite à la congrégation des maristes organisée par le padre du régiment, à laquelle je n'avais pas pu me joindre car j'étais de permanence sur le tchat. Un soir, pendant une absence d'Hugues, je suis allée dîner chez elle pour une soirée raclette sous vingt-cinq degrés. Vivre en garnison vous apprend à apprécier ce genre d'incongruité. Les Herrenschmidt avaient trois enfants, ils avaient eu la place de prendre leur appareil à raclette. Et l'une des épouses venait de recevoir la visite de ses parents, chargés d'apporter avec eux une cargaison de fromages et de cochonnaille sous vide.

Pierre Melliot ne m'aurait sans doute pas paru aussi douloureusement beau si j'avais été heureuse dans ma vie, si je n'avais pas, comme je vous l'ai dit à l'instant, passé six mois seule, enfermée chez moi une grande partie de la journée, assise à l'horrible table en bois foncé du salon, à tchatter avec des inconnues sous le brassage d'air paresseux du ventilateur au plafond, condamnée à accepter, sans en comprendre la cause, le châtiment que Dieu avait fait s'abattre sur mon couple. C'est ce que j'ai essayé de me dire pendant tout le dîner, en tout cas. J'ai vu Pierre Melliot et je me suis aussitôt efforcée, en même temps que j'admirais sa physionomie, sa haute silhouette, ses pieds longs et fins glissés dans une paire de vieilles sandales en cuir que n'aurait pas renié le Christ, de ternir l'impression qu'il me faisait. Mais je ne pouvais pas empêcher les détails d'entrer dans ma tête, de s'y graver – c'était pire, en fait, car en cherchant un défaut dans son visage, j'étais contrainte d'en constater la perfection : ce grand front qui s'élançait en pente douce vers un champ de cheveux clairs, ces yeux verts pétillants sous des sourcils imprimés d'un subtil remous, et ce menton pointu et volontaire qui coiffait le remarquable arceau de sa mandibule, permettant à son irrésistible charme de s'exercer : un morceau de maxillaire qui synthétisait et couronnait les efforts déployés par un nez régulier, par cette empreinte de l'ange qui s'échouait sensuellement sur le rivage ourlé de sa lèvre supérieure, par ces fossettes qui entouraient son sourire de deux parenthèses, par cette dentition, enfin, ces canines et ces incisives éclatantes de blancheur qui se chevauchaient juste assez pour rappeler qu'il était bien de ce monde.

Tu t'en ficherais si tu étais comblée, me disais-je en regardant ce jeune homme de vingt-trois ans si blond, si radieux, en écoutant ce laïc missionnaire dont la voix rocailleuse s'élevait par-dessus celles des autres convives. Tu serais même ravie de le présenter à Sixtine. Sauf que je n'étais pas comblée et que la rencontre de ce célibataire plein d'allant, plein d'une ferveur bienveillante qui n'avait rien à voir avec les imprécations d'Hugues en boxer au petit déjeuner, me semblait l'ultime épreuve envoyée par le Seigneur. Pourquoi, Seigneur, pourquoi toutes ces tentations ? me demandais-je alors que je discutais avec Pierre Melliot, assis en face de moi, entre Ophélie Herrenschmidt et la femme d'un autre coopérant, et que je riais de voir les insectes venir s'immoler sur l'appareil à raclette brûlant, m'enivrant des odeurs de crémation mêlées à celle du fromage fondu, y lisant une prémonition, mais me trompant sur son interprétation.

Les voix s'étaient tues ce soir-là. Celle du diable, celle de l'ange. Je ne pensais plus aux ventres des autres. Le seul bébé auquel je pensais, à cet instant, c'était celui que j'aurais pu avoir avec Pierre. En vous disant cela aujourd'hui, je n'en reviens pas d'avoir été aussi déconnectée de mon rôle et de mon statut, de mon destin, d'avoir cru si naïvement pouvoir dévier de ma trajectoire. Mais c'était il y a deux ans, j'avais vingt-cinq ans, je n'avais pas commis mon premier crime. J'étais encore une page vierge. Une personne potentielle, moi aussi.

Pierre Melliot dirigeait une école dont l'ONG venait d'achever la construction et qui avait été confiée à l'une des congrégations moribondes de ce pays à l'islamisation endémique, pour reprendre les mots d'Hugues qui n'étaient pas ceux de Pierre. Lui parlait des musulmans comme de ses « frères », rapportait les constructifs débats qu'il avait eus avec le gardien de la maison, dans le quartier de Yoff Virage, qu'il occupait en colocation avec d'autres coopérants français, canadiens et espagnols. Il disait des phrases comme « faire ce qu'on peut », « apprendre à se forger un cœur de pauvre », « demander à Dieu de tout prendre dans ses bras », et il éclipsait le témoignage de l'autre couple de missionnaires invités pour l'occasion, dont je n'avais toujours pas compris, à la fin du dîner, en quoi consistait la mission. Quelque chose en lien avec la formation professionnelle, le génie civil. À leur sujet, je n'aurais pas eu de mal à partager le diagnostic d'Hugues, selon lequel la coopération était l'autre visage de la repentance, en plus d'être de la confiture pour les cochons. *Ils ont eu un siècle et demi pour apprendre au contact des colons, tu as vu le résultat ?*

Pierre, lui, m'a tout de suite paru irréprochable, en route vers la sainteté. Ce n'était pas faute de guetter ses errements. Mais à peine avais-je le temps de me demander s'il n'était pas l'un de ces indécrottables cathos de gauche qu'il s'insurgeait contre le mythe tenace, dans la population africaine, qui présupposait que les rues d'Europe étaient pavées d'or et que les nouveaux émigrants se verraient offrir une Mercedes et une rente mensuelle dès leur arrivée. « Il faut leur donner des perspectives ici, chez eux, disait-il. Il faut leur faire comprendre que leur avenir s'écrit dans leur pays, qu'il n'y a rien d'enviable pour eux, en France. » À peine avais-je commencé à me demander s'il n'était pas orgueilleux, bavard, égocentré, qu'il s'est mis à me poser des questions sur ma vie.

Il a débuté par mes études. « Les lettres, comme j'aurais aimé étudier ça ! » M'a fait parler de ce mémoire que j'avais abandonné sur le secret dans *Lancelot en prose*. Avais-je envisagé de reprendre mon master à distance ? Si je le voulais, il pouvait me mettre en contact avec le directeur de la bibliothèque universitaire Cheick Anta, un type très bien, un docteur en islamologie qu'il avait rencontré lors des journées de rencontre œcuménique organisées dans la communauté où il effectuait sa mission. « Tu pourrais modifier ton sujet, ouvrir ton corpus aux contes tribaux. Je suis sûr que tu trouverais plein de choses à dire. » Il aurait tant aimé, lui, s'orienter vers des études littéraires plutôt que de se voir assigné, par « atavisme familial », à une prestigieuse classe préparatoire scientifique.

Il était passionné par les Russes, d'ailleurs il avait emporté avec lui tout Dosto. Il a dit ça comme ça, les Russes, Dosto, et j'ai eu besoin de quelques secondes pour comprendre de quoi il parlait. « Tu fais comment, toi, pour te fournir en bouquins ici ? » m'a-t-il demandé en me resservant une rasade d'un beaujolais acheté à prix d'or au Auchan Mermoz, dont je savais que j'étais supposée le trouver infect mais qui m'a fait l'effet d'un nectar divin. Je n'ai pas osé lui dire que je n'avais pas lu un seul livre en entier depuis mon arrivée. « Ma sœur m'envoie des colis », ai-je menti.

Et les films ? s'est-il enquis. Ça ne me manquait pas trop, de ne pas pouvoir aller au cinéma ? Et la musique ? Avais-je déjà fait un tour au centre Blaise-Senghor ? Un jour, il avait assisté là-bas à un concert de musique de chambre. J'étais étourdie par le feu de ses questions, par la façon dont sa voix semblait soudain n'être audible que de moi, tandis que tout autour, les convives débattaient des affres du CNED et de la médiocrité des profs à l'école française. J'ai réussi à m'inventer, ce soir-là. M'inventer un abonnement à Deezer, un goût pour les vieux films, dont j'ai prétendu avoir embarqué une copieuse sélection sur mon disque dur, une vie intérieure follement remplie. « Et ton mari ? » a-t-il lancé à un moment, avec ce sourire loyal, exempt de mauvaise pensée, ce sourire entièrement déchiffrable qui me paraissait pourtant encore plus difficile à décrypter après six années, dont quatre de mariage, à essayer de lire à travers les rictus d'Hugues. Mon mari ? Mon mari n'est pas un intello, ai-je pouffé, les joues en feu, sans préciser que les meilleurs souvenirs que je gardais de ma vie maritale, les moments où j'avais sûrement aimé Hugues le plus intensément, remontaient aux soirées télé que nous passions devant *Top chef*, pelotonnés l'un contre l'autre sur le canapé.

Naturellement, le flux de la conversation m'a amenée à parler des causes qui me tenaient à cœur. Le pouls affolé, je sentais l'échéance approcher. D'abord, des questions sur mon enfance, sur la paroisse que j'avais fréquentée adolescente, sur mon parcours aux Guides d'Europe, mon pèlerinage étudiant au Mont-Saint-Michel – « Formidable, tu as connu le père JB ! » Il l'avait fait, lui aussi, l'année d'après. Puis nous avons évoqué La Manif pour tous. Ses parents lui avaient simplement permis de participer aux cortèges, il avait son bac à réviser. « Tu étais donc l'une des Marianne ? » Il avait l'air émerveillé, j'en ai profité. « Oui, je suis plutôt du genre à m'accomplir dans la foi par l'action », ai-je dit, je m'en souviens encore. Je ne sais pas d'où me venait cette hardiesse.

« Tu fais quoi d'autre, par exemple ? » a-t-il aussitôt rebondi. J'ai alors soufflé que je luttais « pour la Vie ». Je savais qu'il comprendrait. Qu'il partageait la conviction que toute vie humaine devait être respectée. « Euthanasie ou IVG ? » m'a-t-il demandé, avec, toujours, ce bon sourire sur sa face d'ange, tandis que je me laissais gagner par la tentation électrisante de lui parler des permanences. Mais je ne pouvais pas. J'étais une hors-la-loi, désormais. Nous devions faire preuve de prudence. Il en allait de la survie d'Écoute. Il en allait de la survie de tous ces bébés. Autour de la table, seule Ophélie Herrenschmidt avait été mise dans la confidence, assez rapidement après mon arrivée, parce que j'avais cru que se cachait à l'intérieur de cette Nantaise à la silhouette de fillette l'âme d'une guerrière que j'aurais su rallier à mon combat et qui m'aurait aidée, comme Domitille à Bayonne, à ne pas faiblir. Or j'avais découvert une fille tiède, peu intéressée, qui s'était contentée de me dire qu'elle admirait mon courage et qu'elle n'aurait jamais, elle, le temps d'en faire autant. Elle faisait l'école à la maison pour ses trois enfants.

J'ai dit à Pierre que je rédigeais des tracts pour les marches de la Vie, aidais à la mise en page des visuels. Que j'animais leur page Facebook. Puis il a voulu savoir si j'avais contribué, comme lui, aux états généraux de la bioéthique, cette initiative mise en place par le gouvernement, et achevée l'année précédente, qui visait à recueillir l'avis des internautes sur des questions aussi fondamentales que la recherche sur l'embryon ou les transplantations d'organes. Mon père y avait passé des nuits entières avec d'autres membres de sa paroisse afin de faire pencher la balance du côté de nos convictions. « Moi, non, mais papa s'y est impliqué comme un dingue. » De la même façon qu'avec Hugues des années plus tôt, je me servais de l'engagement de mon père pour me valoriser aux yeux d'un homme. Mais c'était moi qui l'intéressais, cet homme-là. Je l'ai cru, en tout cas.

Ne venait-il pas de déclarer d'une voix assez forte pour que toutes les épouses puissent l'entendre que l'Église avait besoin de gens comme moi, de bonnes volontés prêtes à s'engager sans ménager leurs efforts sur le chemin du Christ ? Ne venait-il pas de m'inviter à lui rendre visite dans son école ? « Tu serais étonnée des charismes qu'on se découvre, face à ces p'tits bouts. Je te garantis que passer une heure en leur compagnie convaincrait n'importe qui de s'engager pour la Vie. Même Simone Veil. » J'ai ri. Et j'ai dit oui, bien sûr. Je n'ai pas profité de cette référence pour l'initier au secret de la véritable action que je menais dans le secret de mes permanences. J'avais agi par prudence. Je l'ai cru, en tout cas. J'avais tort. Ce soir-là, Pierre aurait pu me sauver de mon destin, me forcer à arrêter, avant qu'il ne soit trop tard. Or je n'ai fait que lui mentir, du début à la fin.

Une fois la raclette débranchée, le générateur extérieur éteint, la table débarrassée, nous avons migré, Ophélie, Pierre, le couple de missionnaires et moi, vers la petite table en planches de pirogue dont Ophélie était fière de dire qu'elle l'avait commandée à un artisan local et qui trônait au bout du jardinet auquel ils avaient droit, compte tenu du grade de son mari et de leur nombreuse progéniture. J'ai pris place sur un rondin à la surface inégale, mais je ne ressentais pas d'inconfort. L'homme du couple de missionnaires avait apporté une bouteille de rhum arrangé et nous avons commencé à faire tourner la bouteille, remplissant nos petits verres à liqueur à la lumière d'une grosse bougie à la citronnelle. Il avait également avec lui un paquet de Marlboro rouge, dans lequel Ophélie, à ma grande stupeur, a pioché. Pierre, non. Il était assis à ma droite, je voyais ses grandes mains blanches, presque fluorescentes dans la nuit noire, se mouvoir autour du verre, du col de la bouteille, tandis que se dessinaient les trajectoires lascives de deux foyers incandescents. La discussion a dérivé vers des sujets plus prosaïques. J'ai réalisé que c'était la première fois que je passais une vraie soirée de jeunes, libre, sans mari, à rire de blagues potaches, des missionnaires s'essayant à des rudiments de wolof, à se moquer de la raideur des haut gradés du régiment et des huiles de l'ambassade que nous côtoyions le week-end au Beach Club. Puis Pierre nous a parlé de Frédéric.

Il était tout juste arrivé au Sénégal quand l'un des employés locaux de son ONG lui a proposé d'aller en brousse, à une heure de Dakar, récupérer un bébé singe dont la mère avait été tuée par un chasseur. Pierre n'a pas hésité. Il a ramené chez lui cette petite boule de poils jaunes qui tenait au creux de ses paumes – pour mimer la scène, il a ouvert en coupe ses deux grandes mains opalescentes. Les débuts ont été difficiles. Comme le bébé singe, d'une espèce commune dans la corne de l'Afrique, un vervet vert, à peine plus grand, adulte, qu'un gros chat, et bougrement intelligent, semblait s'apaiser en entendant du Chopin, il l'avait baptisé Frédéric. Frédéric a vite abandonné le biberon de lait de chèvre pour de la vraie nourriture, des cacahuètes, des restes de repas et des bananes, bien entendu, qu'il ingurgitait en quantité et qu'il savait ouvrir comme un humain, accroupi dans un coin de la cour où il passait ses journées dans une grande cage quand Pierre ne pouvait pas le trimballer sur son épaule au fil de ses pérégrinations. « Je crois que je peux dire que c'est mon meilleur ami, depuis que je suis ici », a-t-il dit avec cet enthousiasme, cette bienveillante curiosité qui semblait se porter indifféremment sur des enfants des rues, des singes orphelins, des épouses de militaire frustrées. Quel bon père aurait-il fait, ai-je pensé.

J'ai vite rencontré Frédéric. Dès le lundi suivant, alors qu'Hugues n'était toujours pas rentré du bout de désert où il menait des actions dont il ne consentait à divulguer à son retour que quelques détails rébarbatifs, dénués de tout potentiel évocateur, je me suis présentée, vêtue d'une longue robe en lyocell jaune, à l'école de Pierre, dans le quartier de la Médina, l'un des plus pauvres de la ville. Hugues ne m'aurait sans doute pas laissée m'y aventurer seule. Il ne m'aurait sans doute pas encouragée non plus à m'enfoncer dans ce bourbier de l'humanitaire – je vous ai dit ce qu'il pensait de ce milieu. Mais j'avais rendez-vous avec un missionnaire qui m'estimait capable de l'aider à sauver le monde, pile au moment où, de mon côté, je sentais s'amenuiser mes forces pour m'y atteler. De fait, j'ai tchatté toute la matinée avec une conviction que je n'avais plus depuis des mois, j'ai hâté le tuilage avec l'écoutante du créneau suivant et à 15 h 10, j'étais à l'arrière de notre Duster piloté par Gassimou.

J'aimerais vous dire que j'ai eu le coup de foudre pour ces gamins, cette cinquantaine de gamins, entassés dans une salle de classe au sol en terre battue, qui me dévisageaient de leurs yeux au blanc de perle, toutes tailles confondues – vous dire que j'ai trouvé ma place là-bas, renoué le fil de mon engagement. Que je suis devenue, comme Pierre me l'a dit en me voyant arriver, saisissant mes mains entre les siennes avec une spontanéité qui n'était pas ambiguë, « une vraie témoin de la vie ». Cela n'a pas été le cas. Cela n'a pas été le cas et j'avais toutes les raisons de m'y attendre.

Les enfants étaient mon pire cauchemar, pire que les séropositifs, pire que les mygales, pire que les cadavres de bébés souris. Ils étaient partout. À chaque coin de rue, devant chaque parcelle de terre, accrochés sur chaque dos féminin, des fillettes aux grands-mères. Je n'en avais jamais vu autant en même temps, des enfants au sourire édenté, aux gestes sûrs et aux épaules déjà parfaitement perpendiculaires. Des enfants d'à peine un an dressés sur leurs petites guiboles, des enfants sans couche ni poussette, des enfants portant des fruits sur la tête et se hissant sans effort jusqu'à la cime des cocotiers. Des enfants ontologiquement différents de ceux que je connaissais en France, des enfants presque parfaits, presque des sur-enfants. Dehors du matin au soir, indifférents aux mièvreries de leurs congénères des pays développés, dédaignant joujoux, tétines, doudous, des enfants au regard grave d'adulte, de vieux sage. Face à eux, je me sentais encore plus vulnérable. Encore moins capable d'étouffer mes pensées pécheresses. Et je ne vous parle pas des petits infirmes, des albinos, de ceux que la polio n'avait pas épargnés. Ceux-là avaient un regard extralucide. Je les fuyais comme la peste.

Mais, encore une fois, j'étais venue pour Pierre, son sourire, ses dents mutines, son petit singe que je découvrais, juché sur son épaule. Pour la confiance qu'il semblait avoir placée en moi. J'avais quoi, deux ans de plus que lui ? et pourtant j'avais l'impression qu'il me considérait déjà comme une figure inspiratrice. « Vu ce que tu m'as raconté, tu ne m'as pas l'air d'avoir peur de te battre contre Goliath. Ou de pisser dans un violon. Je te laisse choisir le registre de la métaphore », a-t-il dit, alors que nous remontions le couloir au bout duquel nous attendait la porte fatale, celle qui allait me mettre à nu devant tous les enfants. « Ça tombe bien, a-t-il ajouté en s'arrêtant devant, son visage à quelques centimètres du mien. Ici, le découragement est notre plus grand ennemi. » Frédéric me fixait de ses yeux jaunes, écarquillés, la moue sceptique, les commissures de ses toutes petites lèvres noires tournées vers le bas. Pierre a fourré sa main dans sa poche et en a sorti une poignée d'arachides qu'il m'a glissée dans la paume. « Donne-lui, pour l'amadouer. Il peut être un peu jaloux quand il me voit parler avec quelqu'un qu'il ne connaît pas. Pas vrai, mon Fredo ? » Pierre a tourné la tête vers l'animal, imprimant à son cou une torsion qui mettait en valeur sa musculature déliée, sa pomme d'Adam saillante. Frédéric a tendu ses petites mains glabres vers le nez de son maître, comme s'il voulait le lui chiper, Pierre a fermé les paupières, puis le singe est venu coller son visage contre le sien et Pierre a éclaté de rire, dévoilant son émouvante dentition. « Tu as faim, Fredo ? Regarde ce qu'Agnès t'a apporté. » Tremblante, j'ai tendu la main. Le singe a penché la tête sur le côté, considérant mon offrande, et en un geste fulgurant, il a raflé le butin. Après quoi, nous sommes entrés dans la salle de classe, j'ai vu les yeux, les tresses dressées, les panneaux pédagogiques sur les murs en béton nu, illustrant les tables de multiplication, le cycle de l'eau, le système solaire. Pierre m'a présentée aux élèves. « Bonjour, Madame Agnès ! », l'alliage de toutes ces voix cristallines m'a tordu les boyaux tandis qu'une voix intérieure me susurrait à l'oreille : qu'est-ce que tu croyais ? Que ce beau garçon allait te transformer en sainte ?

Il ne l'a pas fait, bien sûr, je ne serais pas là aujourd'hui sinon, mais j'ai tenu bon plusieurs semaines, pas loin d'un mois et demi. Mes journées sont devenues aussi chargées que celles d'une mère de famille, même nombreuse. J'ai réussi à négocier auprès de la direction d'Écoute un changement de mon planning de permanences en les convainquant de créer et de me confier une plage d'écoute à l'heure du déjeuner, feignant de m'intéresser au sort des fœtus que Dieu avait plantés partout sauf dans mon ventre, alors que je n'avais qu'une hâte, me pencher à la fenêtre pour héler Gassimou en train de boire le thé ou de jouer avec monsieur Ibrahima à un jeu consistant à déplacer des graines noires et blanches sur un plateau en bois creusé d'alvéoles. Hormis de rares fois où j'ai dû renoncer à me rendre à l'école parce que notre chauffeur avait été réquisitionné par une autre épouse, j'étais la seule à être assez folle pour vouloir traverser la ville aux heures les plus chaudes de la journée. Heureusement, la voiture était dotée de la clim. Mon maquillage était intact à mon arrivée – rien d'extravagant, un voile de poudre libre, du rose à joues, un peu de mascara, parfois, une couche de baume à la cerise sur les lèvres. J'ai arrêté de me maquiller après le départ de Pierre, après la mort de Frédéric. J'ai légué ma trousse à mes sœurs, dont elles se sont partagé le maigre contenu, comme si j'avais été brutalement arrachée à la vie sans avoir eu le temps de rédiger mon testament. Mais je vous l'ai dit, je suis déjà morte.

J'étais nulle avec les enfants. Inutile. Mon rôle consistait principalement à faire le garde-chiourme pendant que Pierre s'enfermait dans le bureau du directeur pour remplir des demandes de subventions européennes, rédiger des rapports pour la congrégation vaticane, rencontrer des pères de famille polygames qu'il tentait de persuader de l'importance de scolariser leurs petites filles. J'étais supposée aider les enfants à faire leurs devoirs dans des cahiers effeuillés et avec des moignons de crayons. Parfois, une cargaison de matériel flambant neuf était livrée, comme un don du ciel, et c'était la foire au cliquetis des stylos quatre couleurs. Le reste du temps, je parcourais les allées en supervisant la progression des exercices. La plupart des élèves en étaient encore à apprendre à écrire leur prénom en lettres bâtons. Les journées où j'avais réussi à tchatter de manière particulièrement convaincante, où j'avais eu le temps de profiter, avant de rejoindre la salle de classe, de quelques minutes seule à seul avec Pierre, à discuter de la richesse de l'expérience humaine que nos combats respectifs nous permettaient de vivre auprès des plus fragiles, j'étais saisie de zèle. Je me plantais devant le tableau noir et entreprenais de dispenser un cours de rattrapage en m'aidant du vieux manuel posé sur le pupitre du professeur. J'écrivais des additions à la craie, de jolis mots en lettres attachées, tâchant de faire fi des ricanements et des cris qui fusaient dans mon dos. Mais quand je me retournais, rares étaient les élèves encore à leur place, certains rampaient sous leurs chaises, d'autres s'étaient recouvert le visage d'une couche de craie blanche. Je n'avais pas l'autorité de Pierre. Ni sa patience. Ni sa générosité de cœur.

Les gosses étaient adorables, pourtant. Adorables d'une façon déchirante, comme la beauté de Pierre, comme sa spiritualité entièrement tournée vers autrui. Je me souviens de ce frère et cette sœur, aux traits parfaits, qui ne souriaient jamais, toujours vêtus de la même façon, lui avec un short et un maillot contrefait de l'équipe de France de football, elle avec une jupette en jersey, un tricot de corps à fines bretelles, anciennement blanc, bordé de dentelle rose, et coiffée d'une forêt de petites nattes tressées avec des perles multicolores. Ils venaient de loin, ils parlaient peu. J'avais compris qu'un moine de la congrégation les avait plus ou moins emmenés de force à l'école car la famille comptait sur leurs bras pour survivre. Et il y avait la petite Aïssatou aux immenses cils recourbés, au regard si profond qu'on l'aurait cru souligné d'un trait de khôl. Elle se lovait sur mes genoux quand je finissais par m'asseoir à mon bureau, en attendant le moment où Pierre viendrait me libérer. Tous mes muscles se raidissaient quand je la voyais s'approcher. Je la laissais m'assaillir, passer autour de mon cou ses poignets potelés ornés de bracelets en métal, tripoter mon crucifix, me gazouiller des absurdités d'une voix angélique : « Madame Agnès, il vient de ton pays, Jésus-Christ ? » Je devais avaler ma salive pour ne pas pleurer. Vous croyiez peut-être que j'étais insensible ? Bien sûr que si j'avais pu… Bien sûr que si j'avais pu, j'aurais dit oui à la femme que j'avais croisée sur un marché avec Hugues et qui m'avait tendu un nouveau-né en me demandant de le prendre avec moi pour lui offrir une meilleure vie. Bien sûr que je les voulais pour moi, tous pour moi. Je les voulais tellement pour moi que j'aurais pu les étouffer.

Un jour, je suis arrivée à l'école un peu en avance. Les cours n'étaient pas encore terminés dans les trois salles de classe, mais j'ai deviné à la présence de Frédéric, accroché par une laisse à l'ombre du préau, que Pierre devait se trouver dans son bureau. J'ai caressé la tête du singe, évité de justesse un coup de dent, puis j'ai frappé à la porte, que j'ai poussée avant même d'entendre « Entrez ».

Pierre était assis face à une très jeune femme en turban, débardeur et pagne, assise elle aussi, même si j'avais toujours du mal à comprendre comment les femmes pouvaient le faire vu l'étroitesse de ces longues jupes bariolées qui leur moulaient fesses et cuisses. Je me souviens que je portais un vulgaire short en jean, une demi-queue-de-cheval flaccide à l'arrière du crâne. Évidemment, un bébé dormait sur le dos de la jeune femme, une toute petite fille aux oreilles déjà percées, dont l'abandon au sommeil était si total que sa colonne vertébrale dessinait un parfait arrondi dans le tissu qui la retenait, la plante soyeuse de ses petits pieds nus émergeant de chaque côté. « Agnès, tu tombes à pic », m'a dit Pierre avant de me proposer de me joindre à eux dans un geste qui ne révélait cependant pas la présence d'une chaise supplémentaire. « Tu connais peut-être le fils aîné de Fatoumata. Omar, il est dans la classe des petits. »

Je le connaissais, hélas. J'aurais voulu ne retenir aucun prénom, m'en tenir à mes dispositions initiales, j'aurais voulu m'emmêler les pinceaux entre les Fatou et les Fatoumata, les Aïcha et les Aïssatou, les Omar et les Amar, les Mohammed et les Mouhamed, mais leurs prénoms me rentraient sous la peau aussi insidieusement que leurs rires et leurs regards candides. Hugues avait eu raison de me mettre en garde contre la pitié et l'apitoiement.

« On est en 2019, Agnès, tu es une femme libre, tu fais bien ce que tu veux », avait-il dit à son retour du désert, levant les mains en l'air dans un geste de capitulation, quand j'avais évoqué ma rencontre avec Pierre et l'aide que je pouvais apporter à cet établissement géré par les maristes. « Mais faudra pas venir pleurer quand tu les retrouveras dans la rue quelques semaines plus tard. » Peut-être aurais-je préféré sentir chez lui une pointe de jalousie.

Maman avait exprimé les mêmes réserves avec des mots différents quand elle avait appris que je prévoyais d'enchaîner le tchat et l'école missionnaire, craignant, elle aussi, que je ne m'égare sur une voie pavée de bonnes intentions, que je n'essaie une fois de plus de porter à bout de bras toute la misère du monde. Mais ils avaient raison, je n'aurais jamais dû laisser toutes ces trajectoires me percuter.

Cette femme, par exemple, cette femme en pagne qui subjuguait Pierre, je le voyais bien. Sa peau d'un brun presque terre brûlée, les deux scarifications en haut de ses pommettes, un signe tribal, m'avait-on dit. Eh bien, cette femme était enceinte, figurez-vous. Elle avait toqué à la porte du missionnaire parce qu'elle était désemparée. Et le missionnaire estimait que je tombais à pic, que j'étais la personne la mieux placée pour expliquer à cette femme de vingt ans à peine qu'une grossesse n'était jamais une malédiction, que le Seigneur, ou Allah, qu'elle choisisse le nom qu'elle préférait, l'avait élue pour porter la Vie une fois de plus, que c'était une grande joie, une grande gloire, un cadeau. Qu'elle devait avoir confiance. *N'est-ce pas, Agnès ? Qu'en dis-tu, Agnès ? Est-ce qu'il n'est pas trop mignon, franchement, Omar ? Est-ce qu'il n'a pas l'étoffe d'un super grand frère ? Et cette petite puce, comment s'appelle-t-elle, cette petite puce ?* Et moi, j'opinais du chef, j'articulais devant cette femme, dont je n'étais pas sûre qu'elle comprenait un traître mot de ce que je prononçais, les mêmes banalités que j'avais tapées le matin même, face à mon écran, ralentissant simplement le débit, remplaçant le Kinder Surprise par une noix de coco, la coque, la chair, l'eau, substituant des mots à d'autres, les remâchant, encore et encore, jusqu'à me tapisser la bouche de leur goût de sang. *Pierre a raison, vous êtes jeune, vous avez de l'énergie, des enfants en pleine forme, grâce à Dieu, vous verrez. La vie, la vie, la vie.*

L'IVG étant passible d'emprisonnement au Sénégal, j'avais peu de mérite. Et pourtant, à la fin de l'étude, tandis que Gassimou m'attendait devant l'école et que je devais me dépêcher de rejoindre le régiment parce que nous étions dans une fenêtre de tir et que je savais qu'Hugues ne voudrait pas de câlin si j'arrivais à l'appartement trop longtemps après son retour, ces mots m'ont valu de chaudes félicitations de la part de Pierre.

Il ne m'avait sans doute jamais vue comme une femme potentielle, l'idée de faire de moi la mère de sa progéniture ne l'avait sûrement même jamais effleuré – je l'avais amusé quand il m'avait rencontrée, attendri, peut-être, avec mes cheveux filasse, ma peau à la fois rouge et blafarde, mes pommettes non scarifiées. Comment avais-je pu imaginer autre chose, un seul instant ? « Merci, Agnès, du fond du cœur. Merci pour tout ce que tu fais ici », m'a-t-il dit en serrant mes mains dans les siennes et en me regardant droit dans les yeux, une expression incontestablement dénuée de désir, le visage éclairé d'un sourire plein de pitié – la pitié que lui inspirait une pauvre femme de militaire même pas capable de se faire engrosser.

Je crois que le mal est advenu à cet instant, qu'à cet instant j'avais déjà commis mon premier crime par la pensée.

Pierre avait reçu une offre d'emploi, du genre qu'on ne peut pas refuser. Un chasseur de têtes était allé exhumer sa page LinkedIn, en sommeil depuis qu'il s'était mis au service de l'ONG catholique, et celui-ci était parvenu avant la fin de la durée de son engagement à faire rouler au sol son joli crâne, ses yeux impertinents, son front intelligent. Début septembre, six mois à peine après notre rencontre, Pierre a quitté Dakar. Je suis rentrée de mes vacances en France juste à temps pour sa fête de départ. Hugues m'y a accompagnée, en bermuda, polo pastel et lunettes de soleil coincées dans le col, conformément à son dress code habituel quand il ne portait pas l'uniforme, tandis que je faisais de mon mieux pour ne pas avoir l'air, moi aussi, d'une militaire habillée en civil, pour paraître décontractée, pleinement régénérée après ces cinq semaines en mère patrie, à me repaître de camembert, d'embruns bretons, de mariages, de fêtes de famille, de retrouvailles avec les anciennes de la Légion d'honneur disséminées au gré des affectations de leurs époux.

Hugues a trop bu, trop vite, et j'étais la majeure partie du temps en cuisine à aider Pierre, à tendre les bouteilles de bière Gazelle qui baignaient dans des bassines de glaçons, à éventrer des paquets de chips de manioc dans de grosses écuelles en bois. Pierre s'interrompait souvent pour discuter avec ses invités, coude sur l'encadrement de la porte, une jambe croisée devant l'autre, son tee-shirt relevé découvrant la bande de peau au-dessus de son caleçon. Je l'entendais passer de l'anglais au français, à l'italien, à l'espagnol, rire fort, accepter de poser avec des gens sur des selfies. Quand, à court de missions domestiques, je regagnais la cour à l'arrière, un carré en béton cerné par un mur aveugle, au pied d'un petit immeuble de trois étages flanqué d'ambitieuses balustrades inachevées dont émergeaient encore des tiges de fer rouillé, je retrouvais Hugues en pleine conversation avec des jeunes volontaires qu'il méprisait, sobre. J'étais trop timorée pour me frayer un chemin dans la jungle des invités – le mari d'Ophélie avait été muté en Turquie, le régiment s'était vidé des épouses que j'y connaissais –, aussi finissais-je par aller me poster silencieusement dans le dos de mon époux, attendant qu'il s'aperçoive de ma présence, qu'il lève le bras et m'invite silencieusement à me loger sous son aile. « Ah, ma femme. Tu sais pas ce que j'apprends ? On peut manger du crocodile au Club Med de Cap Skirring ! »

Quelqu'un avait installé une enceinte Bluetooth et certains invités se sont mis à se trémousser, dont un type en chemise à manches longues, très élégant, l'un des seuls Noirs de l'assistance, qui avait harponné une coopérante en sarouel pour la faire tourner avec une aisance qui aurait fait pâlir d'envie les plus aguerris des cavaliers de rallyes versaillais. À un moment, Pierre s'est approché de notre groupe, une bouteille de Gazelle à la main. Depuis la soirée raclette, je ne l'avais pas vu aussi jovial, l'œil vitreux, les cheveux ébouriffés, visiblement ivre. « Vous vous amusez bien ? Je compte sur vous pour faire honneur à mes derniers jours au Sénégal. Ce pays m'a appris que la joie de vivre est un capital. » Hugues m'a libérée de son étreinte pour aller tapoter du plat de la main l'omoplate de notre hôte. « Au top, mec. »

Nous avions pris l'habitude de partager un moment ensemble, tous les trois, le samedi après-midi au Beach Club ou lorsque Pierre venait assister à la messe dominicale au camp. Hugues et lui semblaient s'apprécier. Ils parlaient de rugby, d'alpinisme, s'échangeaient des adresses à Lourdes. « Alors, il est où, ce fameux singe ? » a demandé Hugues, presque sur un ton de défi. Les Gazelle et le rhum arrangé avaient entamé sa réserve. « Je l'ai laissé dans ma chambre pour la fête, il aurait trop peur avec tout ce monde. Mais viens, je vais te le présenter. Agnès, tu nous accompagnes ? Il faut que ton mari voie à quel point vous êtes copains, Fred et toi. »

La chambre de Pierre était une vaste pièce au sol carrelé, aux murs blancs parcourus de diverses traces de frottement, avec une ampoule nue au plafond et pour tous meubles, une grosse armoire noire laquée aux motifs dorés et, coiffé d'un sobre crucifix en bois, un haut lit, un grand lit garni d'un oreiller raplapla et des volutes d'un drap qui conservait encore la trace du corps autour duquel il s'était enveloppé. Découvrir ce lit en compagnie d'Hugues a ajouté à mon malaise. Rendu encore plus honteuses les pensées qui me traversaient.

Serais-je enceinte si Pierre m'y avait allongée ?

Comment s'y serait-il pris pour me féconder ?

Avait-il lui aussi l'habitude de glisser ses mains sous l'oreiller juste avant la jouissance ? Et sa voix, sa voix pendant le plaisir, laissait-il sortir sa voix pendant le plaisir ? J'avais cru comprendre que des hommes le faisaient, que des couples se parlaient quand ils s'unissaient. Qu'aurait-il dit ? *Oh oui, Agnès, c'est bon.* J'avais les yeux brûlants rien que de l'imaginer.

Frédéric était perché en haut de l'armoire, accroupi comme à son habitude, les mains recroquevillées autour d'un objet qu'il portait à sa bouche avec des gestes saccadés, afin d'en faire entrer une extrémité pour l'ouvrir. On entendait le bruit de ses dents contre le plastique. « Fredo ! Descends de là, viens dire bonjour aux invités ! » Pierre s'est planté devant l'armoire, poings sur les hanches. Hugues a avancé d'un pas, adopté la même posture, bombé le torse. J'aurais voulu ne pas avoir à les observer tous les deux de dos, à mesurer de mes yeux les vingt centimètres qui les séparaient, Pierre si long, si fuselé,

Hugues trapu, sa nuque courte, colonisée par ses cheveux drus. Comme mon fils aurait été beau si Pierre me l'avait fabriqué.

« Allez, mon Fredo, descends ! Regarde, Agnès est là. » Mais Frédéric ne voulait rien savoir. Hugues s'est retourné vers moi, dans les yeux un émerveillement de gosse. « Je crois qu'il m'en veut de l'abandonner », a expliqué Pierre, le regard toujours braqué sur le haut de l'armoire.

Soudain, j'ai réalisé. « Tu vas partir sans lui ? » ai-je dit d'une voix chevrotante. Pierre n'a même pas eu le temps de répondre qu'Hugues avait déjà froncé les sourcils et rentré le menton, affichant une mine à la fois incrédule et amusée. « Parce que tu penses qu'on peut entrer comme ça avec un singe sur le territoire français ? » Il aurait tout aussi bien pu s'esclaffer. Et c'est ainsi qu'en quelques secondes seulement, nous nous sommes retrouvés propriétaires d'un petit singe plus ou moins domestiqué.

« Vous êtes sûrs ? s'est enquis Pierre. J'avais prévu de demander à mes colocs de le garder, mais c'est vrai que c'est mieux si quelqu'un peut rester avec lui toute la journée. » Ce quelqu'un, c'était moi évidemment. Pourtant, c'était Hugues qui avait proposé. Qui avait milité, même. Il était aux anges. Entre-temps, Pierre s'était hissé sur la pointe des pieds et avait étendu ses longs bras pour attraper l'animal rétif et le tendre à Hugues qui le réclamait. Frédéric lui a donné un coup de dent et est aussitôt remonté sur son perchoir. Cet insuccès n'a pas suffi à décourager mon mari, malheureusement. Deux heures plus tard, il se trémoussait en s'égosillant sur les paroles de *Sapés comme jamais*, les lunettes de soleil relevées sur le front sans raison, sinon celle, j'imagine, d'avoir l'air d'un gros dur, d'un chef de section admiré par ses hommes et promis au commandement d'une unité, du fier possesseur d'un petit primate d'Afrique subsaharienne.

Quand Pierre est passé nous déposer Frédéric trois jours plus tard, un dimanche, alors que son avion décollait le soir même, Hugues n'en menait pas large. Il avait eu le temps de décuver, de se renseigner, de comprendre qu'héberger un animal sauvage dans une enceinte militaire pouvait déplaire à la hiérarchie, mais il n'était pas homme à se dédire d'une promesse, et je le soupçonne même d'avoir éprouvé une sorte d'excitation à l'idée de contrevenir de cette façon au règlement. Après tout, il n'était pas avare de critiques en ce qui concernait les positions de l'état-major, du Quai d'Orsay, du ministère de la Défense, que sais-je encore. Si la France courait à sa perte – ce qu'elle faisait, incontestablement –, ce ne serait sûrement pas la faute de Frédéric. Il n'empêche, ce dimanche, c'est moi qui ai dû ramasser ses déjections et les débris d'objets qu'il parvenait, malgré la pauvreté de notre décoration intérieure, à envoyer valser aux quatre coins de la pièce, c'est moi qui ai dû le nourrir, le forcer à entrer dans la cage qui occupait un tiers de notre salon parce que Hugues avait peur de le laisser toute une nuit en liberté dans l'appartement.

Comme je pensais bêtement qu'une fois la tentation partie, mon âme allait se purifier d'elle-même, le départ de Pierre me soulageait. Mais d'un autre côté, pour plein de raisons, il me terrassait – la plus douloureuse étant que j'allais devoir continuer ma tâche à l'école sans la seule personne qui justifiait cet effort. Et, par-dessus le marché, cette personne m'avait informée qu'elle avait recruté deux nouvelles volontaires, des femmes d'expatriés qu'elle était sans doute allée pêcher à sa paroisse ou à l'institut français, ou au Beach Club, allez savoir, je n'avais pas posé la question, je n'avais pas envie de connaître la réponse – des filles qui allaient tomber enceintes dans l'année et me laisser seule avec tous les enfants.

Frédéric m'a réveillée avant Hugues, le lundi matin. Il n'arrêtait pas de gratter dans sa cage, de pousser des petits cris indignés. Je l'ai sorti, lui ai donné une banane, de l'eau, l'ai laissé s'en prendre aux quelques livres de poche qui traînaient sur une étagère. Puis Hugues est parti travailler et je me suis connectée au site d'Écoute. J'ai vite compris que la présence de Frédéric allait nuire à mon activité. L'ordinateur le fascinait, il sautait sur la table pour observer l'écran, me bouchant la vue. Donnait des coups de patte exploratoires sur le clavier. Quand la fenêtre de discussion est apparue, j'ai dû le rentrer dans sa cage. J'aurais pu l'enfermer dans notre chambre mais je ne sais pas, une crainte, une pudeur, m'en a empêchée. Comme si cela risquait de profaner le peu qu'il restait à sauver de notre intimité.

La fille s'exprimait parfaitement, écrivait sans faute d'orthographe. J'ai d'abord cru que le choix de son pseudo, Eurydice, révélait l'étendue de sa culture antique, avant de me dire que c'était peut-être tout simplement le prénom que ses parents lui avaient donné. Qu'elle venait de ce genre de milieu où il n'est pas étonnant de croiser des gens portant un nom de divinité. D'ailleurs elle semblait n'avoir rien à cacher. « Bonjour, puis-je connaître les différents délais en fonction du terme de la grossesse pour pouvoir pratiquer une IVG ? » s'est-elle enquise d'emblée, me prenant de court, m'obligeant à adapter le message d'accueil qui avait failli jaillir de mes doigts par automatisme, à force de lire des « Bjr svp je veux avorter », et qui consistait à condenser en un minimum de mots le maximum de sollicitude : « Ne vous inquiétez pas, je vous comprends, je vais vous aider, je suis là pour ça. » Je ne pouvais pas écrire ça à Eurydice. Eurydice ne demandait pas à être aidée. Elle demandait des informations.

J'ai quand même réussi à lui faire dire son âge, vingt-trois ans, et à lui proposer de passer au tutoiement, comme de rigueur. « Pas de problème, oui. Mais je ne suis pas sûre de voir le rapport avec ma question », a-t-elle rétorqué. Je ne le voyais pas non plus, mais j'essayais de gagner du temps. Exceptionnellement, ce matin-là, en partie à cause de la présence de Frédéric, en partie à cause du départ de Pierre que la présence de Frédéric ne faisait que souligner, j'avais dérogé à ma routine et m'étais attelée à ma tâche en pyjama, non douchée, les dents non lavées. J'avais une douleur aux reins qui irradiait jusqu'à mon coccyx, je savais que mon cycle allait une fois de plus m'offrir l'éclatante démonstration de sa ponctualité.

« Tu verras, c'est toujours mieux de parler en cœur à cœur », ai-je improvisé, sans poser de question, sans prendre en main la discussion, alors que c'est tout simplement le b.a.-ba, dans notre domaine. J'ouvrais un boulevard à Eurydice. Qui s'impatientait. « Mais donc, vous me donnez les délais ? » a-t-elle d'abord écrit, envoyant aux orties mes propositions de tutoiement et de dialogue en cœur à cœur. J'étais engourdie, trop lente à la détente. J'étais encore en train de taper ma réponse quand elle a ajouté : « Je ne comprends rien à ce que je lis sur Internet, je sais que j'aurais dû avoir mes règles entre le 25 et le 29 août. Je suis en vacances, là, je ne peux pas prendre rendez-vous avec mon médecin. »

J'ai lâché quelques instants le clavier. Dans sa cage, Frédéric avait recommencé à glapir. Je voyais bien que la route vers la gare de triage était obstruée, que j'avais affaire à une fille qui n'était pas dans la détresse, or, m'avait-on répété, avais-je répété à mon tour à chaque journée de formation, « s'il y a de la détresse, il y a de l'espoir ». Mais je n'allais pas me contenter de lui copier-coller les informations disponibles sur le site de la Sécurité sociale. Je ne pouvais pas. Je n'étais pas là pour ça. Surtout qu'il y avait autre chose, quelque chose que je sentais couver en même temps que la chaude contracture prémenstruelle. Je me suis rendu compte que je me fichais d'atteindre la gare de triage. Ce que je voulais, c'était connaître son histoire. J'ai cédé. Je suis sortie du cadre. Pour la première fois. Je me suis précipitée sur mon ordinateur et lui ai demandé où se trouvait son lieu de vacances.

Finalement, je crois qu'Eurydice avait au moins autant envie de parler que d'obtenir des informations. Il était évident qu'elle avait l'habitude de s'exprimer, qu'on lui avait très tôt mis dans le crâne que sa vie était digne d'intérêt, susceptible d'alimenter de longs récits à même de subjuguer son auditoire. Il était complètement inutile d'essayer de lui attribuer une catégorie, elle n'était ni physio, ni spi, ni psy. Eurydice se plaçait comme origine et finalité de son existence. Rien n'existait au-delà d'elle-même, d'elle et de ses petits désarrois de fille bien née, trop fertile. *Vous vous rendez compte ? Une seule fois ! Une seule fois, j'ai oublié de la prendre, cette putain de pilule !* Que pouvais-je lui raconter du don de la vie, du trésor de la féminité, du Kinder Surprise ? Mademoiselle était « folle amoureuse » de son copain, lequel l'aimait, lui aussi, la respectait et

« se rangerait sans broncher à n'importe laquelle de ses décisions ». Mais ils avaient le temps, n'est-ce pas ? Elle allait commencer un stage au Louvre, elle finissait ses études, elle rêvait de devenir commissaire d'exposition, ou attachée de presse, ou historienne de l'art, je ne sais plus. L'argent n'était pas un problème, ses parents la soutenaient, ils étaient au courant. « Évidemment », m'a-t-elle répondu quand j'ai, en désespoir de cause, parce que c'était mon rôle, parce que c'était ça, moi, mon métier, tenté d'actionner le levier de l'opprobre (« Et votre famille ? Peut-être avez-vous peur de sa réaction ? »), et le point final après le *évidemment* m'a fait l'effet d'une gifle. J'étais moi aussi depuis longtemps repassée au vouvoiement.

Une fois de plus, j'ai reculé sur ma chaise, écrasé mes deux mains sur mon abdomen, où la douleur rénale s'était propagée, irriguant chaque fibre de mon bas-ventre, du vagin jusqu'à l'intestin. « Je suis quand même obligée de vous faire remarquer que la reproduction humaine comporte une grande part de hasard, ai-je objecté pour la forme. Ce n'est pas parce que vous êtes tombée une fois enceinte très facilement que ce sera aussi évident la prochaine. » L'argument a été accueilli avec politesse – Eurydice n'avait aucune raison d'en vouloir à personne. Elle portait le nom d'une nymphe et elle était bénie de Dieu. « Je sais bien, mais je suis intimement convaincue que le destin a un meilleur scénario pour moi. »

À ce stade, je ne valais pas mieux qu'ameli.fr. Ce n'était pas ma première défaite, mais c'était la plus douloureuse. Littéralement. Le filet visqueux que j'ai senti s'écouler dans ma culotte n'a pas soulagé mes crampes. Frédéric tripotait le verrou de la cage avec une dextérité qui m'inquiétait. J'étais prête à rendre les armes sur le champ de bataille. Mais Eurydice réclamait son dû, s'acharnait sur ma dépouille de combattante mortellement blessée. « Vous pensez donc que si je rentre mardi en huit de l'île de Ré, j'aurai encore le temps d'avorter par voie médicamenteuse ? Je pourrais aller à La Rochelle mais je préfère faire appel à ma gynéco habituelle. » J'étais devenue une téléconseillère sur la plateforme d'une agence de voyages, un chatbot sur le site de la SNCF. J'avais mal, j'avais chaud, et encore plusieurs heures à tenir, théoriquement, devant mon écran. À répondre à des Eurydice. À de chanceuses joueuses de cartes. À des filles qui s'étaient réveillées un jour avec un atout mais qui savaient qu'elles avaient un jeu suffisamment bon pour se permettre d'attendre le tour suivant avant de remporter le pli.

« Faites ce que vous voulez mais rappelez-vous qu'il en va aussi du destin du bébé », ai-je écrit au mépris de la plus basique prudence, avant de me déconnecter, de refermer mon ordinateur et de courir me jeter sur mon lit, où je suis restée un temps infini en position fœtale, un oreiller contre le nombril, même pas assez vaillante pour aller me préparer une bouillotte. Au bout d'un moment – il devait donc être midi –, j'ai entendu la porte s'ouvrir et la voix de Coumba appeler « Madame Agnès ! » J'ai crié que j'étais au lit, que j'avais besoin de repos, mais qu'elle fasse comme d'habitude. « Et le singe ? » s'est enquise notre fatou avec une pointe de panique dans la voix. « Donnez-lui des bananes », ai-je répondu avant de sombrer.

Quand Hugues m'a demandé, à son retour, si j'avais été à la Médina, j'ai presque eu un temps d'arrêt. Je n'avais même pas eu besoin de prendre la décision de ne pas y aller, l'école avait purement et simplement disparu de mes pensées. J'avais passé la journée dans les limbes, manqué le tuilage avec l'écoutante du créneau suivant, attendu vainement que quelqu'un à la direction m'appelle sur mon portable, m'envoie un blâme, une convocation en visioconférence. Découvrir l'innocuité de ma défaillance sur le tchat ne m'a pas aidée. Peut-être que si quelqu'un s'en était ému, j'aurais pu arrêter la machine.

J'ai tellement saigné dans la nuit que j'ai commencé à me dire que j'étais en train de faire une fausse couche. Mais je connaissais désormais par cœur les subtilités du cycle féminin, j'avais surfé trop d'heures sur magicmaman et aufeminin.com, j'avais vu trop de vidéos montrant au ralenti la course des spermatozoïdes vers une grosse planète jaune grêlée, j'avais écumé trop de blogs, de sites de naturopathie, lu trop d'articles intitulés « Que manger et à quelle heure ? », « Top 5 des habitudes à adopter pour mettre toutes les chances de votre côté », « Un bébé dans l'année, si je le veux ! », pour ignorer qu'une fausse couche ne peut pas advenir sans le moindre jour de retard. Mais quelque part, cette hypothèse, pendant la nuit, m'a soulagée, plus encore que l'oreiller que je mordais afin de ne pas faire entendre mes geignements parce que les Rivoire-Saint-Michel peuvent s'enorgueillir de générations et générations de bonnes femmes dures au mal.

J'ai gardé Frédéric près de moi tout le lendemain, hors de sa cage. Une fille est apparue dès ma connexion, une « psycho » mineure que je n'ai pourtant même pas cherché à tutoyer et à qui j'ai eu l'impression d'apprendre que le sexe du bébé ne dépendait pas de l'alimentation qu'elle ingérait pendant sa grossesse. « Si c une fille je le regrètrai trop lol », m'a-t-elle écrit. « Sachez que dès la fécondation, le bébé possède l'intégralité de son patrimoine génétique, son sexe, la couleur de ses yeux, ses goûts, c'est déjà un être humain à part entière », ai-je répondu sans essayer de me mettre au niveau de mon interlocutrice, qui ignorait sûrement la signification d'un mot sur deux que j'employais, et sans essayer non plus de faire vibrer sa corde de psycho, renonçant par paresse à mon traditionnel « un être humain qui a toute une histoire à écrire. À vous de décider laquelle ». J'étais vidée, exsangue, une énorme serviette hygiénique flux abondant aussi discrète qu'une couche, les seules que j'arrivais à me procurer au Sénégal, se gorgeant sous mes fesses. Par moments, Frédéric intervenait sur le clavier, ajoutant des scories à mes messages que je ne me préoccupais même pas d'effacer. De toute façon, la fille n'était pas loin d'être analphabète. Quand elle m'a demandé si le « bb » allait avoir mal pendant l'intervention, je me suis contentée de dire que oui, très probablement, sans développer l'argumentaire savamment construit par mes pairs et visant à contrer la thèse selon laquelle le fœtus ne ressentirait la douleur qu'après la vingt-quatrième semaine. « Avez-vous d'autres questions ? » ai-je enfin envoyé, conformément à ma nouvelle nature de téléconseillère, alors que j'aurais facilement pu prolonger la conversation. Puis, voyant que la réponse tardait à venir, j'ai envoyé un « Je vous souhaite donc une bonne continuation » avant de fermer la fenêtre et de fixer l'écran d'un œil absent.

À midi, je n'avais toujours eu personne d'autre. Frédéric me divertissait. Il commençait à accepter d'être dans mes bras, me grimpait sur l'épaule, sa longue queue me balayant le haut du dos, par-dessus les bretelles de ma nuisette. Il dégageait une inexplicable odeur de foin qui me réconfortait et n'avait pas tenté de me mordre une seule fois. J'ai eu faim et suis allée me bricoler quelque chose dans la cuisine. Frédéric m'a suivie, sautillant sur les différents appareils électroménagers, buvant à même le robinet. Au bout d'un moment, il est parvenu à ouvrir le réfrigérateur, en a sorti un pot de yaourt dont il a entrepris d'arracher l'opercule. Je le regardais faire, les fesses appuyées sur le plan de travail, à l'endroit exact que j'occupais deux jours plus tôt quand son maître m'avait fait ses adieux, m'abandonnant à mon sort d'infertile désœuvrée. Je n'ai pas esquissé un geste quand j'ai vu le yaourt sur le point de se répandre au sol.

À 14 heures, alors que je pensais ma journée de travail achevée, un pop a jailli de l'ordinateur. Frédéric s'était lové sur le canapé, où il somnolait en suçotant l'une de mes tongs, et j'étais assise à côté de lui, échangeant quelques apathiques messages avec ma famille sur le nouveau groupe WhatsApp « Israël avril 2020 ». Les parents avaient attendu de nous avoir toutes réunies autour d'eux à Saint-Lunaire au mois d'août pour nous annoncer leur projet de nous offrir un pèlerinage à Jérusalem, à l'occasion de la Semaine sainte. Un moyen de célébrer les vingt ans de la mort de Pierre-Louis, même si cette hypothèse se basait exclusivement sur une interprétation du silence solennel dont papa avait entouré les mots « date charnière » quand il avait dit vouloir nous recentrer en famille autour du sacrifice du fils de Dieu.

Bien qu'elle soit l'une des sœurs dont je suis le moins proche, Bérengère avait exprimé le regret que ce budget ne soit pas plutôt alloué à un voyage au Sénégal. Elle a toujours été une rebelle, elle venait d'entrer en hypokhâgne, lisait Rimbaud, cachait un keffieh dans son armoire et avait sûrement plus envie de découvrir l'Afrique noire que de voir comment vivait sa sœur aînée, mais il n'empêche, cette objection aurait dû me toucher. Pourtant, ce que je retiens de cette conversation, c'est que Sixtine n'avait pas renchéri. Ça ne l'amusait plus, de passer du temps avec moi. J'étais usée, je le savais, inaccessible à toute spontanéité, je n'arrivais plus à lui parler sans entendre les critiques d'Hugues en fond sonore : *Sur qui vous allez casser du sucre, encore ? Tu n'as pas d'autres choses à faire que bavasser ?* Quant à mes parents, ils se foutaient du Sénégal. Ils se doutaient sûrement qu'ils avaient peu de chances de devoir venir y faire *gouzi gouzi*.

Je me suis levée de mauvaise grâce, escortée par Frédéric qui avait bondi comme mû par un ressort. La fille était probablement une femme, à en croire le récit qu'elle m'a aussitôt livré dans le rigoureux français de quelqu'un dont ce n'est pas la langue maternelle. Elle avait des enfants « au pays », qu'elle aimait de tout son cœur, pour qui elle travaillait dur afin qu'ils puissent faire des études, qu'ils aient une vie digne de ce nom. Elle n'avait pas de place pour celui-là. Je répondais par à-coups, laissant ses réponses en suspens de longues minutes, le temps de coller une nouvelle couche au fond de ma culotte ou simplement de lancer une balle de tennis à Frédéric – il y avait un court sur le camp et Hugues m'infligeait des matchs dominicaux dont je ressortais toujours humiliée et courbaturée.

J'écrivais mes messages avec la même économie de moyens dont j'avais fait preuve le matin même face à la psycho illettrée, me contentant de phrases banales, ressassées, « Ils feront sûrement de bons frères et sœurs », « L'énergie est exponentielle, si vous avez eu la force pour trois, vous l'aurez pour quatre », manquant presque de brandir l'argument du risque de dommage irréversible que l'IVG faisait peser sur son appareil reproducteur, avant de prendre conscience que j'aurais alors fourni à cette femme la meilleure raison de se l'infliger. J'avais juste envie de la voir sortir de ma journée. Il me restait dix minutes de ma permanence à faire, quand je lui ai signifié que nous allions devoir mettre fin à notre conversation. « J'espère avoir pu vous aider. Je vous souhaite bonne chance dans votre décision, n'hésitez pas à reprendre contact avec nos équipes », ai-je envoyé avant de me déconnecter. Ensuite j'ai appelé l'écoutante du créneau suivant, invoqué une urgence pour expliquer mon absence de la veille, et expédié le tuilage du jour, sans préciser que je venais d'interrompre la discussion avec une contactante susceptible de se reconnecter ni exposer son histoire. Trente secondes, j'ai songé à aller à l'école. Puis je me suis figuré l'effort que cela représenterait – je ne parle pas que de l'effort physique – et je me suis penchée à la fenêtre pour crier à Gassimou que je n'aurais pas besoin de ses services aujourd'hui non plus.

À son retour, Hugues n'a même pas cherché à savoir pourquoi je n'étais toujours pas retournée à la Médina. Il avait juste envie de se doucher, d'enfiler un marcel et un short de jogging et de tester l'habileté de Frédéric ainsi que ses talents de dressage. « Y a quoi, par terre ? C'est dégueulasse ! » s'est-il exclamé en allant prendre une bouteille d'eau fraîche à la cuisine. J'avais en effet oublié de ramasser le yaourt renversé par Frédéric, tout comme j'avais oublié de me laver, de me brosser les dents, d'ôter ma courte chemise de nuit à bretelles. Mais cela n'a pas semblé le dégoûter – il était davantage préoccupé par le désordre de la maison. Je pourrais même dire que mon laisser-aller le titillait. Quand il a eu fini de jouer avec Frédéric, n'écopant en retour que de tentatives de morsure, il est venu me trouver dans la cuisine et m'a adressé un regard en biais qui m'aurait mise sur le qui-vive, si j'avais été en pleine possession de mes capacités. « Donc tu n'as pas été à l'école, aujourd'hui », s'est-il limité à dire, sans donner à sa phrase une intonation interrogative, la raison de ma défection ne l'intéressant pas plus maintenant qu'un quart d'heure plus tôt. Il voulait simplement nouer le contact. De fait, il s'est approché pour m'enlacer la taille tandis que j'essorais la serpillière dans l'évier. « Tu ne veux pas remettre le singe dans sa cage ? » a-t-il chuchoté à mon oreille en pressant son bas-ventre contre le mien. Il avait forcément senti l'épaisseur de ma protection hygiénique.

J'ai bafouillé que j'étais indisposée, il a argué, le nez enfoui dans mon cou, qu'on pouvait bien étendre une serviette de toilette sur le matelas. À ma grande surprise, il savait où était rangé le linge de maison. Le drap de bain a été déployé en un clin d'œil, ma culotte que son bouclier de ouate avait rendue difforme, jetée au sol, face sanglante contre terre. J'ai à peine eu le temps de m'inquiéter de la réaction de Coumba, quand elle récupérerait dans le panier à linge une serviette aussi souillée, que j'ai été emportée par la vague. Hugues allait et venait en moi sans entrave, seul maître à bord de cette intimité que le sang, ou le plaisir, ou la saleté, lubrifiait tant que j'avais l'impression que mon corps entier se liquéfiait, et avec lui, ma personnalité, mon identité, mon âme. Les derniers remords de la journée se sont envolés avec mes cris.

Je me suis réveillée quelques heures plus tard, au milieu d'une scène de crime. J'ai ramassé ma culotte, rebaissé ma nuisette sur mes cuisses barbouillées de sang séché, quitté la chambre. Hugues s'était fait à manger, il regardait dans le noir un match de l'US Open sur son ordinateur posé sur le tabouret qui nous faisait office de table basse, en buvant une Gazelle glacée. Il a tapoté le canapé pour m'inviter à l'y rejoindre, sans détacher son regard de l'écran. Dans sa cage, Frédéric, roulé en boule, semblait dormir, son petit ventre rond s'abaissait et se relevait à un rythme paisible. La jouissance et le sommeil m'avaient requinquée. J'avais envie de discuter.

J'avais envie d'y croire de nouveau. Pierre était parti, m'avait abandonnée. Hugues était là. Solide, autant que sa barbe drue. Je pourrais compter sur lui pour élever notre grande famille. Nous avions le temps, je n'avais que vingt-six ans. Je me suis assise à ses côtés, il a levé son bras, j'ai posé la tête sur son épaule et commencé à l'interroger sur le match. Puis j'ai laissé passer quelques minutes avant de lancer : « Tu sais que là où Juliette Gautrin a accouché, la femme du lieut-co, à la clinique des Amaldies, il y a un obstétricien incroyable ? » Il était plus facile d'affronter ce sujet sans avoir à le regarder dans les yeux. Il a soupiré, et après je l'ai vu porter la bière à ses lèvres, en avaler une longue gorgée, retirer le bras qui m'abritait pour étouffer un rot derrière son poing. Visiblement, il n'avait pas l'intention de tomber dans le piège. Mais j'ai décidé de persévérer. Ne venais-je pas, moi, de lui donner ce qu'il réclamait ?

« Il paraît qu'il a fait toutes ses études en France, son internat à La Salpêtrière. Qu'il est spécialiste de certains dysfonctionnements… » Avant même que je termine ma phrase, il a achevé de mettre un terme à notre étreinte, reculant dans le canapé en même temps qu'il se tournait vers moi, s'arrachant enfin à son spectacle. « Mais de quels dysfonctionnements tu parles ? C'est pour la bière que tu dis ça ? » Hugues ne s'emporte jamais, mais il a posé sa bouteille au sol avec un claquement qui a fait sursauter Frédéric. J'ai observé le petit singe, anxieuse. Je n'avais pas envie qu'il se réveille, je n'avais pas envie qu'il soit le témoin de notre affrontement. « Ce n'est pas une malheureuse bière qui va détruire mes spermatozoïdes. Et puis tu as tes règles, de toute façon, non ? »

J'ai voulu battre en retraite. « Non, non, continue, ça m'intéresse, Agnès », a fait Hugues en me regardant dans les yeux avec un rictus mauvais, tendant la main à l'aveugle pour refermer son ordinateur. « Va au bout de ta pensée. Quel dysfonctionnement ? Le dysfonctionnement de l'espérance ? Le dysfonctionnement de savoir attendre les décisions du bon Dieu ? Le dysfonctionnement de préférer ne pas avoir de bébé qu'en avoir un de synthèse, né dans une éprouvette ? » Frédéric a recommencé à ronfler. Je voyais son petit abdomen se relever et s'abaisser. Je fixais sa cage mais ma vue se brouillait sous l'afflux des larmes. « C'est ça que tu voudrais, Agnès ? Qu'on alimente la grande ferme à embryons de l'État français ? » Sa voix, comme d'habitude, n'était pas montée d'un décibel. Quand il jouit, c'est pareil. Je me suis levée sans répondre. J'avais laissé une trace de sang sur le canapé.

Je n'ai pour ainsi dire plus quitté mon lit de la semaine. Personne ne m'a appelée pour me demander de retourner à l'école – eussé-je conservé un infime espoir d'avoir servi à quelque chose, j'aurais été fixée. Ni ma famille ni le peu d'amies qui me restaient en France n'envisageaient de venir me rendre visite ici, Pierre ne m'avait pas envoyé un seul message depuis son départ, je n'avais plus que les permanences, que j'effectuais au lit, en nuisette, ne tutoyant plus aucune fille, bâclant tous mes tuilages. Frédéric passait ses journées avec moi, en liberté, perquisitionnant nos tables de chevet, jouant avec notre bible, profanant notre lit conjugal, répandant un foutoir dans tout l'appartement qu'Hugues s'efforçait au maximum de ne pas me reprocher. Car il s'en voulait de sa diatribe, je le voyais. Il ne s'en voulait pas pour le fond, il s'en voulait pour la forme. D'autant qu'il s'apprêtait à me quitter, le lundi suivant, pour trois semaines de stage commando dans la forêt gabonaise. Les rares fois où il acceptait de faire son examen de conscience, il reconnaissait ne pas savoir « être tendre », ne pas avoir « appris » à l'être. Et quand il est rentré le vendredi soir avec un sourire jusqu'aux oreilles pour me dire qu'il nous avait réservé une case de luxe dans un lodge à une heure de Dakar et que nous partions dans la demi-heure, j'imagine qu'il avait l'impression ainsi de faire amende honorable.

Mis à part qu'elle donnait sur l'océan déchaîné, ses rouleaux et son écume phosphorescente, ses hordes de mouettes jacasseuses – cet océan Atlantique dont j'avais mis du temps à réaliser qu'il appartenait autant à l'Afrique qu'à ma Bretagne Nord de cœur, que les pêcheurs noirs aux pieds rongés par le sel en dominaient mieux les arcanes que mes grands cousins voileux –, la case n'avait rien de luxueux.

Je dirais même qu'elle avait quelque chose de menaçant, avec ses volumes trop grands pour son ameublement, exclusion faite de l'immense lit, large, haut, comme on devait en trouver chez les riches Sénégalais et comme j'en avais toujours vu dans les chambres d'hôtel destinées aux Blancs. Je me le remémore comme un mausolée, ce lit de bois sombre doté d'un massif baldaquin rectangulaire sur lequel avait été tendue une moustiquaire – mais il s'agit sûrement d'une projection rétrospective.

Sur le chemin en voiture, j'avais réussi à me dire qu'avec un peu de chance, Hugues, avant son départ imminent, allait me remplir d'une moisson de spermatozoïdes dont certains résisteraient en moi jusqu'à la période fertile. J'avais appris, à force de zoner sur les sites dont je vous ai déjà parlé, que c'était comme ça qu'on fabriquait les petites filles, que les spermatozoïdes porteurs du chromosome X étaient plus lents mais plus résistants, qu'ils pouvaient tenir une semaine en attendant de voir apparaître la planète. Aussi fou que cela puisse sembler, ce soir-là, dans le SUV d'Hugues, Frédéric sur mes genoux, le toit panoramique traversé de nuages d'un rose incandescent, j'avais de l'espoir. Un petit noyau d'espoir rageur, un kyste au fond de mon estomac, une boule de quelque chose mêlant haine, aigreur, découragement, mais aussi oui, hélas, espoir.

Hugues n'a pas réussi à rester dur assez longtemps pour que je jouisse. Le vin du dîner, peut-être, l'angoisse, sans doute, à l'idée de cette mission périlleuse qui l'attendait le lundi suivant et à laquelle je n'avais même pas fait mine de m'intéresser. Il ne m'a pas donné le moindre spermatozoïde, même femelle. Mais il m'a offert la mer. Le choc de la mer sur nos corps que nous peinions à garder verticaux. Nos derniers rires partagés. Il était difficile de se baigner à Dakar, trop de pollution, trop de regards, alors le lendemain matin, Hugues m'a offert une longue virée dans les rouleaux. Avant de quitter la case, j'ai décidé d'utiliser le collier et la laisse que nous avait confiés Pierre pour accrocher Frédéric à l'un des piliers qui soutenaient l'auvent de la case, comme je l'avais tant de fois vu faire à l'école de la mission. Puis nous sommes partis. Nous sommes partis nous plonger dans la mer.

Quand nous sommes revenus encore dégoulinant d'iode, après avoir traversé les quelques dizaines de mètres qui séparaient l'océan de notre case, j'ai d'abord cru qu'il nous faisait une blague. J'ai cru qu'il jouait à coucou caché. Un singe de cinq kilos, vous vous rendez compte ? J'ai cru ça. Et puis mon cœur a compris avant ma tête. La boule de poils jaunes demeurait immobile, à moitié dissimulée par les herbes hautes. La laisse était tendue à l'extrême entre le pilier et le tronc d'un arbuste, à vingt centimètres au-dessus du sol, le corps de Frédéric était non pas caché, mais pendu. Le petit singe avait profité de la liberté que lui conférait sa longue laisse pour s'ébrouer dans les fourrés et sa laisse s'était emberlificotée. À la façon dont la corde, enroulée de multiples fois autour de l'arbuste, en avait profondément cisaillé l'écorce, il apparaissait qu'il avait dû paniquer, essayer de se libérer, tourner dans le mauvais sens et, ce faisant, précipiter sa fin. J'ai juste eu le temps d'apercevoir sa langue qui sortait de sa bouche et ses yeux révulsés. Puis je suis allée me jeter sur le mausolée, trop choquée pour pleurer.

Plus tard, Hugues m'a dit qu'il avait eu un mal fou à désincarcérer l'arbuste. « Désincarcérer », c'est le mot qu'il a employé. Le jardinier du lodge était musulman. Il a accepté de creuser une tombe et d'y déposer mon singe en récitant une prière, quelque chose, je crois, qui venait du Coran, pendant qu'Hugues murmurait un *Notre Père*.

Nous sommes rentrés à Dakar le dimanche après-midi. J'ai aidé Hugues à finir son paquetage, me suis couchée tôt, ai dormi comme une masse. Puis le lundi matin, à l'aube, après avoir salué mon mari et briqué notre appartement, j'ai pris une longue douche et c'est à ce moment-là que j'ai pleuré – pleuré, enfin, pleuré des torrents de larmes qui se confondaient avec le jet chaud, pleuré sur ce petit singe idiot et désobéissant, ce petit singe innocent qui s'était emberlificoté dans les branches d'un arbuste avec la laisse que je lui avais accrochée autour du cou pendant que je faisais semblant d'avoir encore envie d'un enfant de mon mari en m'ébrouant dans les rouleaux, j'ai pleuré sur ce bébé singe de même pas un an que je n'avais pas réussi à garder en vie plus d'une semaine, dont j'avais trahi la confiance à l'instant où il m'en faisait don, pleuré sur son corps moelleux, son ventre tendu et rond, son odeur de foin, ses petites voûtes plantaires qui se recroquevillaient quand je les chatouillais, ses lèvres encore habituées à téter. Et j'ai pleuré sur moi, aussi, sur mon sort de pécheresse, victime et coupable à la fois. Le ballon d'eau chaude était vide quand j'ai pris conscience que j'étais accroupie sur le sol de la douche, grelottante et transie. Je suis restée longtemps à fixer les joints de carrelage moisis. Puis je me suis relevée, séchée, reprise en main. J'ai oint mon corps et mes cheveux d'un soin adoucissant, revêtu la longue robe en lyocell jaune que j'avais portée pour mon premier jour à l'école de la mission, et pris place à la table du salon. J'étais connectée au site d'Écoute à 8 h 55.

Je n'étais pas capable de donner la vie mais je pouvais donner la mort.

Petite, j'avais peur de Dieu. On m'avait enseigné à le considérer comme une personne. Une personne qui m'aimait plus que quiconque, m'observait des pieds à la tête, à l'intérieur comme à l'extérieur, savait mieux que ma mère et mon père ce que j'avais dans le ventre. Dieu connaissait mes pensées secrètes, mes tentations, la manie que j'avais de sucer mon pouce en m'endormant alors que j'avais promis à mes parents d'arrêter de le faire et que cette promesse conditionnait le cadeau d'une Barbie infirmière à mon prochain Noël. Les parents ne nous ont jamais laissé croire au Père Noël mais ils nous ont appris à croire en Dieu. Dieu veillait sur nous. Dieu nous aimait tant qu'Il avait cloué Son propre fils sur le bois pour racheter tous nos péchés. Ce qui ne signifiait pas que les péchés étaient autorisés. La mort de Son seul fils ne nous exemptait pas de l'obligation d'y résister. Dieu voulait le meilleur pour nous, Il nous appelait à nous engager sur le chemin de la sainteté, au bout duquel, patiemment, Il nous attendait. Ou bien, Dieu pouvait nous prendre. Petite, j'étais terrorisée à l'idée qu'Il vienne me prendre.

Il l'avait fait avec les deux Thérèse, avec Jeanne d'Arc, avec Catherine de Sienne, Il l'avait fait avec la petite Bernadette et Il l'avait même fait, au vingtième siècle, avec la mystique Marthe Robin qui aurait eu l'âge d'être ma grand-mère. Et Il l'avait fait avec la Vierge Marie, bien sûr. Une nuit, Il s'était glissé dans sa chambre et Il lui avait mis un bébé dans le ventre. Des aumôniers nous en parlaient pendant nos camps de louvettes, des bonnes sœurs nous le répétaient à chaque cours de catéchisme. Nous ne pouvions pas servir la messe comme les petits garçons de notre âge, mais nous pouvions L'épouser. « Dieu viendra peut-être frapper à votre cœur et vous n'aurez plus qu'une envie : devenir la femme du Christ. » Je ne voulais pas devenir la femme du Christ.

J'avais exposé ce dilemme à un prêtre lors du premier sacrement de réconciliation dont j'arrive à me souvenir. Je me rappelle qu'il s'appelait Benoît, qu'il me paraissait excessivement âgé alors qu'il devait à peine sortir du séminaire, qu'il avait un doux visage aux douces lunettes rondes, une douce voix. Il vous ressemblait, en fait. Vous portez les mêmes lunettes que celles que je vois sur le nez de ce jeune prêtre, dans mon souvenir flou. Depuis tout le temps que je vous parle, c'est la première fois que j'en prends conscience. J'offre ma dernière confession au double de celui qui a reçu la première. Quand j'aurai quitté ce lieu, j'aurai tué mon âme.

Je ne sais plus exactement ce que j'avais avoué au père Benoît, si je lui avais dit que j'avais peur dans mon lit, le soir, et peur sous la douche, et peur quand je marchais seule dans la rue – Dieu choisit toujours les moments où les jeunes filles sont seules pour Se manifester. Que cette peur augmentait mon rythme cardiaque et qu'elle se doublait automatiquement d'une autre peur, encore plus terrassante, celle d'avoir une pensée sacrilège. Je passais ma vie à chanter mon amour pour Dieu, à Lui dire merci, pardon, s'il Te plaît, comme nous l'avait appris maman pour nous aider à structurer nos prières du soir, à Le reconnaître comme mon vrai père. Ne fallait-il pas être la plus indigne des filles pour avoir si peur de Lui ? Et pourtant, j'avais peur, j'étais terrifiée, je ne voulais pas qu'Il me prenne. Je voulais être prise par un humain.

Un autre souvenir qui me revient, d'ailleurs. C'était des années plus tard, en terminale, pendant un intercours. Nous discutions avec Léopoldine et Clémence dans l'atrium, assises sur une table, les jambes dans le vide, et Clémence avait remarqué que j'avais perdu un cil. Fais un vœu et tape-toi une joue, m'avait-elle dit. La phrase avait jailli à toute vitesse, tout droit sortie de mon organisme, comme l'intention de prière à mon voisin de banc, pendant le baptême de François-Joseph. Faire l'amour demain, ai-je pensé. Puis j'ai tapé la mauvaise joue.

Mais pour en revenir à mon premier sacrement de réconciliation, le jeune curé n'a pas dit grand-chose. En tout cas pas au début, comme vous. Il m'a laissé parler, posant sur moi ce même regard que le vôtre, grave et juste, ni débonnaire, ni ironique, ni compatissant. Et après que je lui ai confessé ma peur que Dieu m'empêche de devenir la femme d'un homme, il a employé votre argumentaire. « Tu n'es pas un jouet, m'a-t-il dit. Le Seigneur n'a aucune envie de jouer avec toi. Le jour où tu choisiras dans quelle voie, dans quelle vie t'engager, tu seras mue par un profond mouvement de ton cœur, une voix intérieure. Aie confiance. » Vous aussi, vous m'avez dit de faire confiance. Seulement ce prêtre parlait de confiance en l'amour de Dieu – Dieu peut tout, disait-il, comme mon père, comme Hugues –, quand vous, vous me demandez de *me* faire confiance. Pas plus que lui, néanmoins, vous ne paraissez comprendre qu'il n'y a rien dans mon cœur. Aucun mouvement, aucune voix. Rien à entendre. Rien à sauver.

Votre prédécesseur ne m'a pas prescrit de pénitence. Vous non plus. La seule chose que vous m'ayez conseillée, jusqu'à présent, c'est de téléphoner à un avocat spécialisé en droit de la famille. Vous avez l'air de sous-entendre qu'il est facile de divorcer. Que j'ai de la ressource. Que rien ne m'accule à cette autre pénitence. J'aimerais vous croire.

Mon vœu de terminale ne s'est pas exaucé. Je n'ai pas « fait l'amour demain » ni le surlendemain. Je n'ai pas cédé aux médiocres appels de mon corps. Pendant deux ans, Hugues et moi avons résisté. Refusé de nous unir prématurément afin de ne pas nous fermer l'accès à la communion au corps du Christ. Privilégiant un chemin de liberté et d'épanouissement en attendant d'associer Dieu à cet acte d'amour dont Il était la source et la destination – Hugues me conseillait des tas d'ouvrages sur la question et j'en garde certains passages gravés dans ma mémoire. Nous devions avant toute chose nous unir surnaturellement. Jésus avait placé une immense confiance en nous, nouveau couple parmi cette génération appelée à enfanter une humanité sous le signe éclatant de l'Amour divin. Nous n'avions pas le droit de Le décevoir.

Cela étant, Hugues avait ses besoins. Je les connaissais, il m'en avait fait part, très vite, en me révélant des mots que j'aurais voulu ne jamais entendre tant ils confrontaient mon âme à sa souillure originelle, celle que Jésus-Christ n'était pas parvenu à racheter. « Quand j'étais au lycée, je n'arrêtais pas de me masturber, c'était plus fort que moi, matin et soir, ça a failli m'éloigner des études, c'est Satan qui me guidait. » Et puis Hugues avait rencontré un père spi pendant sa prépa, avec lequel il avait très vite établi que sa vocation était d'ordre maritale, qu'il voulait épouser une femme devant Christ, fonder une famille. Les garçons ne sont pas pris par Dieu durant la nuit, de toute façon. C'est eux qui décident à qui offrir leur vie.

En concertation avec ce père, Hugues avait mis au point une sorte de feuille de route. Puisque la masturbation répondait à une exigence physiologique, laquelle, si elle était niée, risquait de lui exploser au visage, il devait s'astreindre à un quota. Quand je l'ai rencontré, il avait réussi à se contenter de deux masturbations par semaine. Mais il comptait sur moi pour l'aider à réduire encore la voilure. En unissant nos prières, en cumulant nos espérances, en nous concentrant de tout notre cœur vers cet aboutissement qu'était le mariage, nous pouvions éloigner Satan de ses mains indociles, de cette braguette qui enflait pour un oui ou pour un non.

La plupart du temps, en fait, la responsabilité reposait davantage sur moi que sur la prière. Hugues m'avait prévenue : « Si je te vois toute nue, je me noie. » Pendant des années, même encore au début de notre vie en Afrique, repenser à cette phrase suffisait à me donner un coup de poignard dans le bas-ventre, ainsi que je me figure le désir chaque fois qu'il me traverse. *Si je te vois toute nue, je me noie.* Il fallait que je l'aide à discipliner ses doigts, que je lui interdise de relever mon tee-shirt, de s'acharner sur la boucle de ma ceinture. C'était à deux que nous pourrions éloigner Satan. Ou bien nous devions le devancer, lui « couper l'herbe sous le pied ». L'idée avait germé au bout d'un an, alors que nous venions de nous fiancer et que j'étais déjà plongée dans les préparatifs du mariage qui serait célébré l'été suivant. J'étais allée chercher Hugues à la gare de Lyon, il était en permission le temps d'un week-end pendant son année d'école d'application, et il m'avait annoncé dans le métro, sur un ton absolument impénétrable aux autres voyageurs, qu'il avait une solution à notre problème. Un de ses cousins nous prêtait son appartement à Levallois-Perret.

Hugues vivait à Draguignan, j'attendais tous les jours ses appels, ses SMS, ses photos de calvaires provençaux et de ruelles pavées, ses smileys, ses clins d'œil en point-virgule, j'avais déjà commencé à attendre, cette longue attente qu'allait devenir mon existence. Le soir, comme convenu, il est venu gratter à la porte de la seule chambre, celle que j'occupais, après être allé se coucher sur le canapé. « Agnès, je pense qu'on peut essayer maintenant. » Je ne sais pas, aujourd'hui, où j'ai trouvé la force de me lever pour aller lui ouvrir. *Si je te vois toute nue, je me noie.* Mais je n'ai pas eu besoin de l'empêcher de me déshabiller, ce jour-là. Je n'ai pas eu besoin de lui interdire d'aller poser ses doigts sur cet endroit qui palpitait comme un deuxième cœur, cette fleur difforme et monstrueuse qui s'ouvrait tant et tant que j'avais peur qu'elle déborde de ma petite culotte. Je n'ai pas eu besoin de lui interdire de faire la seule chose que réclamaient mon corps et mon âme aliénée.

Il s'est assis sur le bord de mon lit, a descendu son caleçon dans la pénombre et m'a pris la main droite. J'ai imité son mouvement, mes doigts recouverts par les siens, un contact ferme et familier au-dessus, une matière chaude en dessous, dure, nouvelle – aussi dure qu'un objet, qu'une arme –, puis il m'a laissée mener l'opération seule, avant de repousser brusquement ma main pour s'atteler tout seul à la besogne, sa mine sombre et butée surgissant à chaque fois que les phares d'une voiture, un étage plus bas, venaient la balayer, son œil concentré qui semblait me traverser. Au dernier moment, il a refait appel à moi, attrapé ma main avec force, si bien que je me suis retrouvée, moi aussi, les doigts souillés. Il s'est penché pour prendre un mouchoir sur la table de chevet, dans cette boîte qui me paraissait à présent n'avoir été disposée là que pour remplir cette fonction, et il m'a essuyé les mains comme à une petite fille. C'était la première fois que je voyais du sperme. Ce sperme dont l'histoire de ma conception m'avait bercée de l'illusion qu'il était presque magique, capable, en une effusion incontrôlée – celle que les prières et les doigts de ma mère n'avaient pas su, eux, dévier –, de féconder une fleur. Le sperme a été bu par les fibres du mouchoir, qui a été jeté aux ordures, qui ont fini à l'incinérateur. J'aurais pu prévoir déjà, j'aurais dû prévoir que notre union n'était vouée qu'aux ordures. Notre union et le fruit de notre union, ce bébé que j'ai dans le ventre et que je ne mérite pas de porter.

C'est donc vrai. Ils viennent quand on les attend le moins. Après avoir passé cinq ans à guetter ma moindre demi-journée de retard, j'ai laissé s'écouler six jours avant d'acheter le test, il y a quatre semaines. Je n'ai pas le moindre symptôme, aucun des mythes qui me faisaient fantasmer quand j'en lisais les récits en ligne ne s'est vérifié – pas de seins douloureux, pas de nausées, pas d'odorat exacerbé. Jusqu'au bout, je n'aurai pas droit au conte de fées. Mon ventre s'est rempli sans un signal, les cellules se sont multipliées aussi subrepticement qu'un cancer, indétectables.

Je pense que je suis tombée enceinte pendant le câlin à l'issue duquel Hugues m'a annoncé qu'il était partant pour la procréation assistée. Ça non plus, ce n'était donc pas une légende urbaine. Ces grossesses qui surviennent à la fin d'une psychothérapie ou à l'arrivée d'un agrément d'adoption, ces êtres qui se logent comme par miracle dans un sein infertile, ces anges Gabriel.

Mais je ne crois plus aux miracles. Je ne crois plus aux anges. Je ne crois plus au diable non plus. Tout en moi s'est brouillé quand j'ai dévié de mon cap, quand j'ai offensé Dieu, quand j'ai cessé de répondre à l'exigence de Son amour. Je ne crois plus à la Vie. Je l'ai trahie, la Vie. J'ai perverti le Kinder Surprise. Et ce que je veux aujourd'hui, c'est que vous me laissiez envoyer le petit jouet à l'incinérateur.

Écouter ma voix intérieure, vous dites ? Divorcer ? Puiser dans mes ressources ? Attendez d'apprendre ce à quoi elle m'a poussée, ma voix intérieure.

La première s'appelait Mireille, la deuxième Lala57, la troisième Carpediem, la quatrième Schtroumpfette. Au-delà, j'ai perdu le classement. Il y a eu Myriam, Nicole, Emma – plusieurs Emma –, Léa, Lison, Francesca, Daenerys, Leila et Princesse Leia. Il y a eu Starhawk, Marie, YoLo, Souraya, Fatima, Cecilia, Jessica, Stefoox, RueLacroix, Raph, Sandrazzz. M, G, XX. Il y en a eu tant d'autres. Peut-être cinquante ? Cent ? Si je calcule le nombre de permanences, il y en a au moins eu cent.

Je ne sais pas comment se seraient appelés leurs enfants. Certains auraient peut-être porté l'un des prénoms de mes tops 3, Agathe, Rodolphe ou Eugénie. D'autres, Aïcha ou Aïssatou, Mohammed ou Omar. Certains de ces êtres existent, nécessairement. Ailleurs qu'au ciel, j'entends, ailleurs que dans la verdoyante région de paradis réservée aux tout-petits, ceux qui, comme le stipule le verset de saint Luc que cite toujours papa à l'approche de la date anniversaire de la mort de mon petit frère, *ne peuvent plus mourir, car ils sont semblables aux anges, ils sont enfants de Dieu et enfants de la résurrection.* Tous ces bébés ne côtoient pas Pilou. Certains sont forcément nés, en dépit de mes efforts. Ils ont peut-être six mois, aujourd'hui, ils tètent encore le lait de leur mère. Ils commencent à manger des purées, à se tenir assis sur leur chaise haute. Cent fois, ils font tomber leur cuillère en attendant que leur maman la ramasse – cent fois leur maman s'exécute. Ils éclatent de rire quand elle les embrasse sur le ventre. Le matin, ils exhibent au-dessus de la gigoteuse qui les emprisonne comme un sarcophage leur petite face aux joues vermeilles recouvertes d'écailles de morve durcie ; leur petit corps chauffé à blanc à l'intérieur. C'est mathématique : certains ont survécu. Dans un sens comme dans l'autre, le taux de réussite ne peut jamais atteindre les 100 %. Pourtant s'il y a une chose dont je suis sûre, c'est que j'ai été meilleure dans celui-là. Dans ce sens-là. Dans ce sens qui a fait de moi une complice de meurtre et qui m'oblige, aujourd'hui, à devenir une meurtrière.

Mireille travaillait dans une école maternelle de la région parisienne. ATSEM, AESH, un acronyme comme ça. Elle avait trente-deux ans et un garçon de dix ans, en garde alternée. Le type qui l'avait mise enceinte était marié et père de trois grandes filles, absolument opposé à l'idée de quitter sa femme et encore plus à celle d'élever un quatrième enfant. Elle l'avait rencontré sur une appli parce qu'elle en avait assez des « coups d'un soir bourrée au bar ». Elle avait très formellement précisé sur son profil qu'elle cherchait une relation sérieuse, qu'elle ne serait pas contre devenir à nouveau mère. Elle avait vite compris que le type n'était pas aussi libre qu'il le lui avait fait miroiter, mais elle l'avait « dans la peau ». Il était doux, attentionné, cultivé. Avec lui, elle n'avait pas à craindre de rester des jours entiers sans signe de vie, de n'être contactée qu'après un certain degré d'alcoolémie. Par moments, elle s'autorisait à penser qu'elle avait trouvé la perle rare. Jusqu'au jour où elle l'a invité à partager sa pause déjeuner pour lui montrer le résultat du test.

Tout cela, Mireille me l'a raconté spontanément, sans que j'aie eu besoin de lui demander de passer au tutoiement ni de feindre que j'avais moi aussi des racines à Rosny-sous-Bois. Elle a écrit : « Bonjour, c'est ici que je peux avoir des renseignements pour avorter ? », j'ai répondu : « Oui, je vais vous guider pas à pas. Connaissez-vous votre date de début de grossesse ? », et comme le stade de grossesse était déjà trop avancé pour envisager la voie médicamenteuse, je lui ai annoncé que j'allais aussitôt lui fournir le numéro d'un centre de soins ou d'un médecin disponible pour un rendez-vous en urgence. « Il ne s'agirait pas de manquer le délai pour une aspiration », ai-je précisé, avant d'ouvrir à la hâte plusieurs onglets sur mon navigateur, Doctolib, le Planning familial, l'ARS, diverses maternités parisiennes. J'étais remplie d'adrénaline, mais d'une adrénaline froide, glaciale, qui me laissait complètement maîtresse de moi-même. Ou plutôt qui m'augmentait. J'avais l'impression d'être habitée par une force supérieure, immanente, transcendante – je n'ai jamais compris la différence – qui aiguisait ma concentration comme un bistouri.

« Si vous voulez, en attendant, me dire comment vous en êtes arrivée là, n'hésitez pas, ai-je écrit après avoir consigné sur une feuille de papier le numéro d'un premier service d'orthogénie dans le 93. Autrement, il suffit que vous restiez connectée et je vous enverrai le numéro des personnes à contacter dès que je me serai assurée de leur disponibilité. »

Je n'avais pas spécialement envie de nouer un lien de confiance avec Mireille. La mort de Frédéric m'avait transformée en machine, un corps surperformant répondant aux ordres basiques d'un esprit affûté, concentré autour des quelques actions nécessaires à la réalisation d'un seul but : interdire la naissance des bébés, priver les femmes de ce qui m'était refusé. De l'autre côté de la corne de l'Afrique, Hugues apprenait à progresser dans la jungle à coups de machette, il se recouvrait le visage de cirage, se nourrissait de feuilles, effrayait de grands fauves. Quand il était revenu, amaigri, de son premier stage commando au fort de Charlemont, alors que nous habitions encore à Bayonne, l'une des premières choses qu'il m'avait dites était : « Tu n'aurais jamais survécu. » Voilà, à présent, j'y arrivais.

Il se trouve que Mireille, comme tant de filles avant, comme tant de filles après, avait envie de parler. Je ne suis pas très bien placée pour me moquer, n'est-ce pas ? Ça fera bientôt cinq heures que je vous prends en otage. Et comme vous, je l'ai écoutée de mon mieux, accusant réception de chacun de ses messages par un « Je vois », « Effectivement », ou un simple émoji attristé.

La permanence de la PMI de Rosny-sous-Bois m'a renvoyée sur une boîte vocale qui me proposait de me mettre en relation avec une ligne téléphonique d'écoute et d'orientation – Mireille n'avait pas besoin de ça ; j'avais plus d'expérience en écoute que n'importe quelle employée départementale. Et je connaissais les mille et une méthodes que l'État mettait à la disposition des femmes pour les aider à tuer leurs bébés. Le site de la PMI signalait que l'établissement serait ouvert dès 9 heures, le lendemain matin, pour des consultations sans rendez-vous, mais je ne parvenais pas à déterminer si cette consultation donnerait aussitôt lieu à un avortement. Qui me disait que les professionnels avaient le matériel à portée de main, les sondes pelviennes, les seringues, les étriers, les spéculums, tous ces instruments dont j'avais brandi pendant des années le spectre déformé pour encourager les filles à temporiser ? Je voulais être sûre que Mireille puisse être prise en charge tout de suite, qu'elle n'ait pas le moyen de changer d'avis. D'autant qu'elle venait de m'envoyer un message qui m'inquiétait : « Je l'ai dit à ma sœur, et elle n'arrête pas de me tanner pour que je prenne un temps de réflexion. Elle dit qu'on ne sait jamais, qu'elle a entendu l'histoire d'une femme qui était devenue stérile, comme ça. »

La rapidité avec laquelle j'ai riposté m'étonne encore aujourd'hui. Le panache, la totale absence d'hésitation, alors que c'était ma première fois, mon premier stage commando. Mais je marchais depuis longtemps vers cette issue, j'avais compris depuis longtemps que je ne resterais pas cette brave défenseuse de la création, cette bonne petite soldate d'un Dieu qui me torturait. Il m'a juste fallu du temps pour accepter de tomber du pont de corde et me mettre à ramper dans le canyon, aux côtés du camp adverse, les guérilleros, reprenant à mon compte leurs assertions. « Non, ce risque est extrêmement marginal », ai-je écrit sans frémir.

Quelques minutes plus tard, j'ai réussi à avoir une secrétaire dans un CHU situé à vingt minutes du domicile de Mireille – je lui ai demandé de m'en préciser l'adresse et j'ai fait une simulation d'itinéraire sur Google Maps. Le site m'a d'abord proposé de visualiser l'endroit en mode Street View, si bien que je n'ai eu aucun mal à me figurer le grand ensemble de béton sale, l'enseigne des pompes funèbres adjacentes, les trottoirs jonchés de détritus, l'abri sous lequel trois silhouettes encapuchées attendaient leur autobus ou la fin d'une pluie qui semblait pourtant programmée pour ne jamais s'arrêter. Imaginer Mireille gravir cette volée de marches, franchir les portes vitrées, monter dans l'ascenseur et rejoindre le service ouaté où une soignante à la voix non moins ouatée allait l'avorter – je suis sûre que là-bas aussi, il y a des poufs orange, des meubles aux angles arrondis et une affiche semblable à celle dans votre dos, celle où il y a écrit « Libertés, égalités, sexualités » –, imaginer tout cela me remplissait d'un sentiment de… de réparation, je ne saurais pas le décrire autrement. Justice était faite. Quelle justice ? Je viens de vous le dire, non ? Ne pas être seule à saigner tous les vingt-huit jours.

Durant les trois semaines d'absence d'Hugues, j'ai ressenti une urgence vivifiante. Levée avant la sonnerie de mon réveil, douchée, poncée, trépignant d'impatience. J'ouvrais mon ordinateur avec plusieurs minutes d'avance. J'avais eu l'occasion de m'apercevoir que personne ne contrôlait le contenu de mes échanges, je n'avais aucune crainte à avoir. C'était mon tour, à présent, d'être reine en mon royaume, comme ma mère tous les matins de mon enfance. J'étais libre, enfin, d'y exercer ma discipline. Or ma discipline était implacable, une arme de destruction massive.

Carpediem avait vingt ans. Une vraie spi, une spi que j'aurais retournée comme une crêpe si je l'avais eue sous la main, quelques mois plus tôt. Athée, à mon avis, mais profondément habitée par l'idée du bien, de faire le bien, de répandre le bien. Son copain voulait garder le bébé mais elle ne l'aimait plus – elle l'aimait juste bien. Elle rêvait de partir vivre à l'étranger, ou de faire le tour du monde, je ne sais plus. En tout cas pas d'élever un bébé. Mais elle savait que beaucoup de parents luttaient pour concevoir, elle n'était pas totalement insensible au principe de l'accouchement sous X, même si elle s'interrogeait sur les répercussions à long terme, sur sa vie à elle et celle de ses futurs enfants. Avais-je eu l'occasion de discuter avec des femmes qui avaient opté pour cette solution ? Elle avait un organisme qui fonctionnait à la perfection, elle était sûre qu'il serait en pleine santé, « ce petit bébé ». Elle ne pouvait juste pas être sa maman. « Je suis obligée de vous dire que l'abandon d'un enfant à la naissance induit un vrai stress post-traumatique, pour la mère comme pour l'enfant, ai-je dégoupillé entre deux recherches sur Google. Vous avez la possibilité de vous faire raccompagner au sortir de la clinique ? Je vois qu'elle se trouve à trente minutes de route de chez vous. Mais je peux me renseigner sur les conditions de la prise en charge d'un taxi médicalisé. »

M. n'avait pas de papiers. Je l'ai compris quand elle m'a demandé s'il fallait rester longtemps alitée après l'opération – elle avait dépassé de beaucoup la neuvième semaine d'aménorrhée et s'approchait dangereusement de la seizième, celle qui lui fermerait les portes de l'IVG instrumentale – parce que son employeur ne voulait pas lui payer ses congés. J'ai deviné que c'était justement l'apparence anonyme de notre site, dénué d'insignes de la République, qui l'avait incitée à cliquer dessus, et non pas le manque de discernement, la hâte ou le talent des militants spécialistes du troll et du référencement qui parvenaient toujours à déjouer la police d'Internet. Elle avait sûrement peur d'être dénoncée. Alors je me suis aventurée sur un site de cette ultragauche que mon engeance conspue depuis tant de générations pour y exhumer un texte de loi énonçant que l'IVG est accessible à toutes les femmes, quelles que soient leur situation de séjour, régulière ou pas, et leur ancienneté de résidence en France.

Emma l'avait dépassée, elle, cette seizième semaine d'aménorrhée. Elle avait toujours eu des règles irrégulières, sporadiques, et avait continué à saigner depuis le début de sa grossesse. C'étaient ses seins qui l'avaient alertée. Gros, douloureux, elle ne rentrait plus dans aucun soutien-gorge. Elle avait fait le test dans les toilettes de sa fac et avait cru tomber dans les pommes. Sa mère l'avait eue de la même façon, à dix-huit ans, et elle continuait à lui répéter que sans elle, elle aurait pu faire des études. Emma était boursière échelon 6. J'avais regardé les vols les moins chers pour l'Espagne sur un comparateur en ligne.

Le soir de ma discussion avec Emma, Hugues est rentré de son stage commando. Notre appartement dakarois étincelait. J'avais enfin trouvé le courage d'ouvrir notre carton dédié à la décoration intérieure ; accroché quelques photos au mur, ressorti le LOVE en béton, mes Saint-Exupéry et ses biographies de

Napoléon, orné le dessus d'un guéridon d'un linge blanc sur lequel j'avais posé notre bible, une bougie et le joli crucifix en bois d'olivier qui donnait tant de cachet à notre coin adoration de Bayonne. C'est le premier détail qu'Hugues a remarqué. Puis ses yeux ont glissé sur mon corps, de haut en bas, de bas en haut, et j'ai lu sur son visage un satisfecit. Je portais une robe rose, je m'étais offert un soin volumisant au salon de coiffure du Novotel, j'avais ressorti les perles offertes par maman à mes dix-huit ans. Peut-être ressemblais-je à une jeune vierge, immaculée de tout péché. Il a filé sous la douche avant de me raconter.

Comme prévu, il revenait de l'enfer. Comme prévu, je n'aurais pas survécu. « Je pense que tu ne réalises même pas ce que ça veut dire de passer la nuit dans la jungle, m'a-t-il lancé, la serviette autour de la taille. Tu peux crever à tout instant, tu es obligé de dormir avec ton arme à la main. » J'ai ouvert de grands yeux, demandé des détails que je ne lui réclamais plus depuis des mois, alors que je réalisais très bien ce que ça voulait dire, de s'aventurer au cœur de l'enfer. La serviette n'est pas restée longtemps enroulée autour de la taille de mon mari. J'ai atteint l'orgasme en pensant à Daenerys.

Daenerys ne savait pas qui était le père. Elle se droguait. Je n'ai pas une grande expertise dans le domaine mais j'avais saisi l'insistance avec laquelle elle me parlait de la nuit, de ses brouillards. Daenerys avait de toute urgence besoin de trouver un moyen de contraception adapté à sa conduite à risque. Vous voyez, je parle votre langage. Entre chaque contactante, je m'immergeais dans la documentation que vous mettez à disposition sur vos différents sites – vous aussi, vous avez vos organes de propagande. Je l'avais convaincue des bénéfices de l'implant. Vider les ventres me procurait un puissant sentiment de revanche, j'avais atteint mon premier objectif – les empêcher de se remplir de nouveau m'exaltait encore plus.

Très vite, j'ai ouvert un dossier sur mon bureau, sous un faux nom, même si je doutais qu'Hugues s'amuse un jour à fouiller dans mon ordinateur, dans lequel j'accumulais des brochures numériques, des schémas pédagogiques, des vidéos de prévention sur les différentes façons d'éradiquer, avec la bénédiction de la Sécurité sociale, la vie dès ses premières manifestations. Un jour, j'ai même développé auprès d'une trentenaire diagnostiquée « hyperfertile » les vertus de la ligature des trompes. Je ne dominais pas encore bien le sujet de la vasectomie.

Pas une seule fois, je n'ai craint les soupçons d'Hugues. C'est depuis un mois que j'ai peur. Peur qu'il ne découvre que je porte sa descendance, qu'il ne m'interdise de m'en débarrasser. Avant ça, au plus fort de mes exactions, j'avais appris comme un fauve à me glisser entre mes deux milieux naturels. La journée, je broyais à coups de clavier de la cellule germinale. Le soir, je redevenais la docile femelle d'Hugues, sa militante enragée qui continuait de partager sur sa page Facebook les teasers des prochaines Marches pour la Vie, qui avouait avec une pointe de fierté aux « Moments de cohésion » que son père pharmacien refusait de vendre la pilule contraceptive. Je m'étais adoucie. Arrondie, dans tous les sens du terme. Le crime me donnait de l'appétit.

J'avais passé un an à me tenir à distance des spécialités culinaires locales. Les seuls thiéboudiènes que j'avais goûtés jusqu'alors étaient servis dans des restaurants majoritairement fréquentés par les Blancs, surmontés de morceaux de poissons trop nobles pour qu'on prenne le risque de les dénaturer en les mêlant à la sauce, des ragoûts fades, pas assez rouges, destinés à être mangés à la fourchette. Plusieurs fois Coumba m'avait proposé ses services de cuisinière. J'avais toujours décliné. C'était moi, la maîtresse de maison. Et puis un jour, alors que je venais de finir de discuter avec une étudiante en lettres modernes, une fille dont la façon de s'exprimer, les phrases vierges de fautes d'orthographe, un certain penchant pour l'effusion – j'étais sûre que cette fille adorait « bavasser », elle aussi, et de fait, j'avais aimé bavasser avec elle – m'avaient rappelé la personne que j'avais été à une époque, à ceci près que je n'aurais jamais eu l'idée, moi, de partir en échange Erasmus, j'ai surpris notre fatou penchée sur la table de la cuisine, en train de farcir des sortes de raviolis à l'aide d'une mixture extraite d'un petit seau. En prenant congé, l'étudiante en lettres m'avait dit qu'elle se souviendrait de moi comme d'un soleil, le soleil d'une aube printanière, plus exactement, elle avait une mémoire météorologique des gens – elle semblait remplie d'une telle force de vie, une intensité sur laquelle aucune éducation religieuse n'avait posé le moindre couvercle, que j'étais certaine qu'il aurait été facile de la convaincre de poursuivre sa grossesse. Elle était le genre de fille capable de mener à bien l'une ou l'autre des deux options. Mais elle tenait à son année Erasmus, n'entretenait aucune illusion sur l'avenir de son couple, rêvait d'écrire un livre – surtout ça, en fait. Je ne veux pas que cet enfant me pousse à renoncer à ce rêve, m'avait-elle écrit, je ne veux pas lester mon enfant de la charge de m'accomplir. J'étais en paix quand j'ai refermé l'ordinateur avant d'aller me remplir un verre d'eau à la cuisine.

« Pardon, Madame ! » s'est écriée Coumba en me voyant entrer. Mais elle a dû lire la paix sur mon visage car elle n'a pas eu l'air effrayée très longtemps. Elle avait encore une demi-heure à attendre avant le départ de son bus rapide et devait finir de remplir ces pastels – c'était le nom des raviolis, m'a-t-elle appris – pour pouvoir les mettre à frire en arrivant chez elle. Le soir même, sa sœur mariait sa fille. Elle habitait à une heure et demie de la garnison, ce que je découvrais aujourd'hui alors que je vivais ici depuis un an. Je me suis mise à garnir les pastels avec elle en l'écoutant déployer les méandres de son arbre généalogique. Elle avait huit enfants en tout. Quatre qu'elle avait portés – trois filles et un garçon,

« grâce à Dieu » –, trois de sa première coépouse, et un bébé, de la dernière femme de son mari, une petite fille, Aminata, « Une princesse, Madame Agnès, une reine. Tu veux la voir ? » Tandis qu'elle allait fourrager dans un de ses baluchons pour en extraire plusieurs photos écornées, j'ai continué à farcir les raviolis. Ensuite elle m'a appris l'art de les plier. Au moment de son départ, je lui ai dit que j'étais d'accord. Qu'elle pouvait apporter à manger la prochaine fois.

Au départ, Coumba nous apportait des bassines colorées recouvertes d'un torchon qui se maculait d'auréoles ocre au contact du riz cassé. « Mais qu'est-ce qu'on va faire de tout ça ? demandait Hugues, les lèvres huileuses, en suçant une arête de poisson aux proportions de petit os humain. Il y aurait de quoi nourrir une famille nombreuse. » Puis un jour, je lui ai demandé de m'apprendre. Nous nous y mettions à la fin de ma permanence. Émincer l'oignon et le chou, couper la carotte et les aubergines, désosser le poulet m'offrait surtout un prétexte pour discuter avec quelqu'un qui ne me voyait pas comme une ratée, face à qui je n'avais pas à craindre de me trahir, de m'humilier, à qui je n'avais pas peur de me comparer.

« Tu as raison, Madame Agnès, l'enfant vient quand Dieu veut. Si l'enfant ne vient pas, pas tout de suite, alors tu profites de la vie, tu as le mari, le repos, le ventre bien rempli », m'a-t-elle dit un jour, pendant qu'elle me faisait le récit de son premier accouchement dans un dispensaire de brousse, à seize ans, « sans piqûre, sans Doliprane ». J'ai opiné du chef en riant. Le mari, le repos. Le ventre bien rempli. C'est vrai, j'avais tout ça. Tout à coup, passé dans la bouche de cette quarantenaire déjà trois fois grand-mère, mon drame perdait de sa prépotence.

Quand je discutais avec Coumba, je ne pensais pas à mon échec. Je pensais aux permanences, bien sûr, accomplir les permanences me remplissait pour le reste de la journée d'une euphorie qui oscillait entre une sorte de fièvre de toute-puissance, les jours où j'avais argumenté pied à pied avec une fille confite de culpabilité, et une béatitude repue presque planante, quand les filles étaient déjà décidées et que je n'avais qu'à leur communiquer le numéro d'une gynécologue notée 5 étoiles sur Doctolib. L'effet des permanences ne me quittait jamais, il m'irradiait, mais je ne pensais pas à mon espérance. D'ailleurs c'est à ce moment-là, je crois, que j'ai arrêté d'espérer, cessé d'inspecter le fond de ma culotte, de scruter heure par heure le calendrier de mon cycle menstruel. Au contact de cette femme à la peau noire et aux seins étirés jusqu'au nombril, que j'observais enduire les morceaux de poisson d'un mélange d'ail et de piment et remuer l'huile d'arachide dans une grande marmite tandis que la cuisine s'emplissait d'une odeur de riz frit, d'épices et de cube Maggi qui me semblait consubstantielle à l'Afrique, une odeur brune, capiteuse, ni vraiment acide, ni franchement salée, doucereuse et piquante et impudique, une odeur que je retrouvais métamorphosée sur ma langue, le soir même, lorsque je portais à ma bouche des morceaux aux consistances audacieuses et contrastées, la tendreté du chou, le gombo gluant, l'aubergine fondante que le mijotage avait rendu sucrée, le poisson défait et tous ces autres aliments qui auraient pu se trouver dans une bouillabaisse ou un bœuf bourguignon mais que l'Afrique avait transfigurés – au contact de cette femme-là, je me sentais enfin sur un pied d'égalité.

De l'extérieur, je restais une parfaite catholique. Je m'agenouillais chaque dimanche sur la dalle fraîche pour ouvrir la bouche et y recevoir le corps du Christ, je buvais son sang à même la coupe. Je ne m'étais jamais autant confessée. Je m'inventais des péchés, je disais que je jalousais l'intérieur d'une telle, que je ne parvenais pas à me réjouir des bons résultats de Bérengère en hypokhâgne, que Quitterie me paraissait écervelée. Je n'avais pas envie d'évoquer notre infertilité, j'avais le sentiment que c'était bien trop risqué.

Chaque soir, quand Hugues était avec moi, j'insistais pour qu'il reprenne l'habitude de dire les grâces. Notre cohabitation me semblait plus supportable, rythmée par les prières. « Merci, Seigneur, d'avoir révélé à ma femme ses talents de cuisinière », disait-il une fois sur deux, sans mentionner Coumba. Je devenais cette replète femme de mili charmée par l'artisanat local, qui introduisait les nouvelles du régiment aux merveilles du marché Tilène et les recevait pour le thé des épouses plus souvent qu'à son tour. J'étais enfin exactement conforme à ce que l'on attendait de moi – la blonde progéniture en moins. À l'intérieur, j'étais inarrêtable, j'aidais à avorter sans faillir.

Raph avait peur que son enfant soit atteint d'un grave handicap. Elle avait souhaité cette grossesse mais elle venait de découvrir qu'elle avait fait une séroconversion au cytomégalovirus et dans le désert médical où elle habitait, personne ne lui proposait un suivi qui lui garantisse que le bébé ne naîtrait pas sourd, aveugle ou retardé. « Vous êtes jeune, vous savez que vous n'avez pas de mal à tomber enceinte. Je comprends que vous ne vouliez courir aucun risque », ai-je écrit. Mais j'avais eu le temps de consulter un site d'information américain dédié à la question, dans lequel il était préconisé à la femme ayant contracté ce virus d'attendre deux ans au moins avant d'envisager une future grossesse. « Vous verrez, quand vous pourrez enfin retomber enceinte, votre joie aura été décuplée par l'attente », ai-je conclu.

Marie avait subi des violences. Je n'ai pas eu besoin de déployer mes talents d'écoutante pour le découvrir. Elle me l'a dit tout de suite, de but en blanc : « Cette grossesse est arrivée de la pire des façons, je ne rentrerai pas dans les détails, l'affaire est entre les mains de la police mais je n'ai pas envie que ce soit eux qui s'occupent de mon intimité. » J'ai pris rendez-vous pour elle avec une sage-femme qui pratiquait le tiers-payant.

Et puis il y avait les cas les plus faciles. Les Lisa, les Francesca, les Jessica, les RueLacroix. Des gamines empotées, même pas capables de se diriger vers le bon site, celui autorisé par l'État français. En trois messages et deux pilules, c'était réglé. L'amas de sang finissait dans le conduit d'égout, englouti par la chasse d'eau. Mais je prenais soin de les mettre en garde. « Demandez toujours, à l'échographie, que le médecin oriente l'écran de sorte que vous ne puissiez pas le voir », « Refusez qu'on vous fasse écouter le cœur », « Des études prouvent que le fœtus ne ressent pas la douleur avant la vingt-quatrième semaine ». Je n'avais qu'une obsession : anéantir les risques de retour en arrière. Atomiser le repentir.

À certaines, je recyclais la fable du Kinder Surprise en éprouvant une joie si forte qu'elle parvenait à me reconnecter à la femme que j'étais avant. Sauf que j'étais pleinement quelqu'un, désormais. J'étais la Jeanne d'Arc du camp d'en face. *Ne croyez-vous pas que devenir adulte, c'est préférer le chocolat à la surprise ? Avoir compris que le jouet est toujours de mauvaise qualité et qu'il vaut bien mieux choisir le cadeau qu'on se fait ?*

Au bout d'un moment, j'ai réactivé ma carte SIM française afin de laisser mon numéro de téléphone aux contactantes. « Faites-en ce que vous voulez.

N'hésitez pas à m'écrire par SMS. Une question, un avis, n'importe quoi, de jour comme de nuit. Et ça me rassurerait que vous m'envoyiez un petit message quand ce sera fini, pour me dire que tout s'est bien passé. » Je n'avais pas envie d'entendre leurs voix ni de les laisser entendre la mienne. Je gardais un souvenir trop brutal de ma conversation avec la fille à la voix de corde. J'ai conservé tous ces messages. J'en ai reçu beaucoup – bien plus que je n'aurais pu en espérer. « Bonjour Miss-A, je viens de rentrer chez moi. L'opération s'est très bien passée et je n'ai même pas eu mal », « Enfin sortie de ce tunnel, merci Miss-A, merci du fond du cœur », « Grâce à vos mots, je me sens de nouveau libre ». Parfois, je les relis. Je suis folle, n'est-ce pas ? Je parie que vous avez depuis longtemps établi votre diagnostic.

Pourtant ne croyez pas que j'aie vécu pendant un an et demi dans une réalité altérée. J'avais conscience de trahir, de commettre un grave péché. L'idée de ce péché ne me quittait jamais, mais j'étais incapable d'y renoncer. La nuit, quand j'ai commencé à multiplier les insomnies, des bribes des conversations, des silhouettes de femmes inconnues m'apparaissaient, je les voyais, éveillées elles aussi, quelque part de l'autre côté de la Méditerranée, fixant un + sur un bâtonnet, pressant leur ventre de toutes leurs forces, pleurant, mordant leur oreiller. Parfois, je me disais que ces visions étaient une incitation à retrouver le chemin de Dieu, que dans Sa grande miséricorde le Seigneur avait envoyé sur moi l'Esprit saint, comme sur Marie, sauf que ce n'était pas mon ventre qu'Il ensemençait, c'était ma tête, Il la remplissait d'images de corps de femmes suppliciées par le péché, autant de rivales, de sœurs, de sœurs rivales qui avaient besoin que je les empêche de vaciller, que je les convainque d'épargner leur bébé. Je m'attablais le lendemain avec le projet de ne pas céder. De me remettre sur la route de la gare de triage, de tutoyer.

Il m'arrivait également de prendre des résolutions fracassantes, après une messe particulièrement priante, ou parce qu'un soir j'avais trouvé Hugues beau de nouveau, que la vision de sa fossette sur le menton ne m'avait pas dégoûtée, que j'avais réussi à faire abstraction du bruit de sa mastication, ou bien parce que notre pèlerinage en Terre sainte approchait. Mais ma détermination ne survivait pas plus d'une demi-journée. Les filles étaient trop insolemment désespérées, elles n'avaient rien vu venir, elles avaient été mal informées, elles ne pouvaient pas imaginer. Une seule fois, elles l'avaient oubliée. Une seule fois, elles avaient mal calculé. Elles pensaient déjà être préménopausées. Elles ne savaient même pas qu'elles étaient déjà réglées. Oh oui, il y a eu des gamines aussi, à peine sorties de l'enfance. Des fillettes qui pleuraient sur ce corps irréprochablement efficace qui ne cherchait qu'à se multiplier. Alors j'appelais les CHU, je donnais les numéros des assistantes sociales.

Je n'avais plus peur que Dieu me prenne. Je le souhaitais. Je plaçais beaucoup d'espoir en Jérusalem. J'adressais des prières à Pierre-Louis, je lui demandais de faire passer un message à son Créateur, je n'avais pas l'insolence de dire directement à Dieu, Pardon, merci, s'il Vous plaît. Pilou, je t'en supplie, fais que j'arrête. Fais que je revienne sur le droit chemin. Mais je ne parvenais plus à formuler la destination de ce chemin – un bébé ? Plein de bébés ? Je le perdais de vue.

La pire épreuve m'attendait lorsque je suis retournée en France pour Noël. J'avais passé une journée entière à courir les boutiques avec Sixtine à La Défense. C'était la première fois depuis des mois que nous nous retrouvions rien que nous deux. Ma sœur voulait absolument me faire essayer des vêtements que je n'allais jamais pouvoir porter. Hugues ne m'avait pas encore envoyé les vidéos du curé prophète de la modestie vestimentaire, mais j'étais déjà trop grosse pour enfiler les jupes à volants et les robes bustier que Sixtine me tendait. « Tu es sûre, ça ne te va pas, le 38 ? » hurlait-elle de l'autre côté de la cabine, alors que j'étais convaincue qu'elle avait remarqué combien j'avais pris du poids depuis l'été. C'était ma taille qui s'était épaissie en premier, si bien que j'avais vu papa hésiter avant de me servir un verre de vin. Je n'avais jamais été aussi éloignée de la vie et pourtant je commençais à ressembler à une femme pleine. « J'en veux bien », avais-je lancé avec aplomb – quelques mois plus tôt, un tel moment de flottement aurait mis du sel sur mes plaies. Mais mes conversations clandestines avec toutes ces filles m'avaient cicatrisée. Le péché m'avait cicatrisée.

Il m'avait tellement cicatrisée que j'ai balayé les questions de Sixtine. « Tu as réussi à convaincre Hugues de passer à l'étape suivante, c'est ça ? » m'a-t-elle demandé, et j'ai songé qu'elle pensait peut-être que c'étaient déjà les injections d'hormones qui m'enflaient. Que pouvais-je lui dire ? Que je me gavais de tamarin et de riz cassé ? « Ne t'inquiète pas pour moi », ai-je répondu d'un ton énigmatique avant d'orienter la conversation sur le jeune couple qu'elle formait avec son consultant, ce Melchior d'Alayer de Castelnau. « Tu connais ses intentions ? Tu penses qu'il va faire sa demande ? » Sixtine a éclaté de rire. « Arrête, on dirait maman ! » Elle avait envie de profiter de la vie, voyez-vous. La vie n'a jamais été pour ma sœur un chemin de croix. Et elle sait comment en tirer le maximum de profit – comment la faire fructifier sans craindre d'avoir à en porter le moindre fruit. Elle ressemble à tant de mes contactantes que je me suis retrouvée à recueillir ses confidences dans le RER, en rentrant de La Défense, les bras chargés de jeans délavés et de tops au-dessus du nombril pour elle, de tee-shirts à col rond et de pyjamas en coton pour moi. Elle avait commencé à prendre la pilule. « Si papa l'apprend, il me tue », a-t-elle glissé presque à mi-voix, comme si elle craignait qu'il ne soit tapi dans le wagon, revolver au poing.

Je me trouvais à l'intersection de mes deux vies, je pouvais prétendre être celle que je n'étais plus et dégainer mon étendard, ou je pouvais, pour la première fois, ôter le cirage dont je m'étais recouvert le visage pour me montrer sous mon vrai jour. Je savais qu'en ne rappelant pas à Sixtine que son corps était un temple qu'elle devait à tout prix préserver, qu'il en allait de la confiance que Dieu avait placée en elle, je m'apprêtais à franchir un palier. Je n'ai hésité qu'une fraction de seconde. « Tu as raison. Il est trop tôt pour savoir si c'est le bon. » Sixtine m'a adressé un regard interloqué. Elle s'attendait sûrement à être sermonnée. L'espérait, peut-être. Ce n'est pas facile, vous savez, quand on vient d'où je viens, de sauter sans filet dans le péché. Le lendemain, elle a amené son Melchior à déjeuner. Maman s'était pomponnée pour l'occasion, le bonheur de Sixtine l'a toujours transfigurée.

Rien ne m'arrêtait, vous voyez. Ni les prières de mon frère, ni la force de l'Esprit saint, ni la pandémie. Au contraire. Nous sommes rentrés à Dakar et j'ai continué. D'ailleurs il n'a vite plus été question de partir pour Jérusalem : le pèlerinage, comme tous les voyages, avait été annulé. Avec le confinement, il devenait plus difficile de garantir un avortement rapide, un suivi postopératoire de qualité. Certaines filles n'avaient pas pu se rendre à la pharmacie pour se procurer leur contraceptif. Avaient manqué leur rendez-vous avec le gynéco, loupé le délai pour une solution médicamenteuse. Et moi, je me surpassais. Enfermée chez moi à me remplir la panse de yassa, de caldou, de saka saka, je faisais des miracles. Sur le tchat, où je me pliais en quatre pour trouver des solutions, des rendez-vous, des contacts. Sur les boucles de discussion militantes, sur le groupe WhatsApp d'Écoute-Avortement, où je lisais que c'était le moment ou jamais, que les hôpitaux étaient débordés, que les filles n'osaient plus sortir de chez elles, de peur de finir en réanimation. *Le Seigneur vient de nous envoyer la preuve que notre combat est immensément juste. Rendez grâce et foncez.* Pour ne pas éveiller les soupçons, je m'associais aux chaînes de prière, aux actions de grâces, aux meetings digitaux, aux pétitions réclamant la levée de l'interdiction des messes dominicales. Rouvrez instamment nos paroisses ! m'époumonais-je sur Facebook, WhatsApp et Instagram, tandis que j'hésitais à réécrire à Fanny pour m'assurer qu'elle n'avait pas oublié de faire les prélèvements vaginaux qui conditionnaient la pose de son stérilet.

Et je le faisais, la plupart du temps. Je réécrivais. Et les filles me répondaient. Leur reconnaissance me nourrissait – elle me nourrissait tant que je me suis rendu compte à un moment que je n'éprouvais plus une once d'envie lorsque j'apprenais que Zooky en était à sa troisième grossesse non désirée ou que Juliette s'était fait avoir par le retour de couches. Je ne les jalousais plus, je ne convoitais plus ce qu'elles avaient dans le ventre. Leur reconnaissance me comblait. C'était ça, désormais, que j'avais dans le ventre, leur gratitude. Leur gratitude était si bonne que je n'ai pas pu m'en passer, même après mon départ de Dakar, alors que je m'étais convaincue que la fin de l'Afrique renouvellerait ma foi, me replongerait dans l'eau vive, que le retour en France m'aiderait au moins à renoncer aux permanences. Mais la gratitude était irrésistible. L'amour. L'amour que toutes ces filles me donnaient. Pour les aider à tuer.

Je viens de faire quelque chose d'extraordinaire. J'ai donné cinquante euros au clochard en bas des marches. J'en ai encore le cœur qui bat. Il était là, toujours assis sur son sac de couchage, toujours cerné par les cadavres de bières, la barbe toujours aussi fournie – une vraie barbe d'ermite, une barbe de François d'Assise dans laquelle auraient pu nicher les oiseaux –, il dégageait une odeur toujours aussi fétide, écœurante, presque sucrée. Mais il avait l'air apaisé, moins menaçant. Sa bouche était fermée. Il n'avait personne contre qui éructer, aujourd'hui. Il fixait le goulot d'une bouteille entre ses pieds, absorbé dans ses pensées. J'ai ralenti en arrivant à sa hauteur.

Je crois que je n'avais pas imaginé jusqu'ici qu'il avait peut-être des gens à regretter, une famille, des enfants, une femme qu'il avait aimée. Que sa présence ici, réduit à un déchet, n'était pas seulement le résultat de sa mauvaise volonté, le châtiment pour ses péchés. Oh, je n'ignore pas ce qu'il va faire de mon billet. Sûrement pas se payer une douche ni un repas chaud. Je sais bien ce qu'Hugues dirait.

Mais après tout, ai-je songé alors que j'ouvrais mon sac à main, dressée devant cet homme qui gardait la tête baissée, après tout, il était peut-être juste comme moi en train de chercher la moins mauvaise des façons d'exister.

J'ai presque eu envie qu'il se présente à votre permanence, puisque c'est la dernière fois que nous nous voyons, vous et moi. Sans doute pourriez-vous l'aider. Mais c'est un homme, il n'a pas le droit. Alors j'ai sorti le plus gros billet que j'avais dans mon portefeuille, je me suis baissée et je l'ai déposé furtivement à ses pieds avant de détaler dans l'escalier. En repartant d'ici, avant d'appeler Sixtine, parce que j'ai décidé de tout lui raconter, je prendrai la sortie qui donne sur l'hôpital, comme avant-hier. D'ailleurs vous savez ce que j'ai fait avant-hier après mon aveu ? Je me suis rendue dans un salon de beauté. Ce n'est pas le genre d'endroit que je fréquente beaucoup, mais à ce compte-là, le bureau d'un psychologue payé par l'État français dans un centre de planification familiale non plus. Je ne pouvais pas me retrouver seule chez moi après avoir entendu les mots que vous avez prononcés.

On m'a toujours répété que la beauté de la femme est intérieure, que c'est Dieu en nous qui est beau. Qu'est-ce qui reste, alors, une fois qu'Il est parti ? Une bonne femme ingrate en uniforme marine et beige, qui affiche dix ans de plus que son âge et implore gauchement l'asile en poussant la porte carillonnante d'un institut de beauté ?

Je ne sais pas si c'est de la présence de Dieu que rayonnait l'employée de l'autre côté du comptoir, avec sa longue chevelure d'un noir de jais, ses cils tentaculaires et ses sourcils sculptés. « Qu'est-ce qui vous ferait plaisir ? » m'a-t-elle demandé en raclant le comptoir de ses faux ongles pour attraper un dépliant. Ne pas être enceinte, aurais-je voulu répondre. Ne pas avoir vu ces deux traits qui me condamnent à ingérer ces deux cachets. Mais cette jeune femme en blouse rose cintrée ne pouvait pas me faire remonter le temps. Elle pouvait m'offrir une séance de remodelage, de cryolipolyse, de Cellu M6 Alliance, elle pouvait peindre mes ongles et poncer mes callosités, m'inhumer dans une cabine UV, m'arracher les points noirs, me faire un massage californien, un massage suédois, un massage à la bougie, elle pouvait gommer ma cellulite, mais elle ne pouvait pas effacer l'Afrique et sa fertilité coriace, elle ne pouvait pas effacer le visage de Pierre ni la mort de Frédéric, ni mon désœuvrement, ni ma solitude. Ni mon envie. Elle ne pouvait pas annuler la froideur d'Hugues, me rendre hermétique aux jugements des gens au mariage de Marie-Astrid, me remplir de joie au baptême du petit Franz ni éteindre le réveil qui m'avait sortie du lit, le matin du bal du Triomphe, elle ne pouvait pas rendre Sixtine moins belle, mon père plus chaleureux, ma mère plus présente, elle ne pouvait pas sauver Pierre-Louis, non, elle ne pouvait rien de tout ça. Elle avait face à elle une improbable cliente aux cheveux courts et à la jupe hors d'âge, une rombière qui avait piétiné sur les Champs-Élysées pour interdire aux homosexuels de s'aimer, une caricature de la France, une fille paumée, timorée, une femme au foyer, une catholique – une catholique qui avait appris dès ses premières leçons de catéchisme que le péché relève toujours d'un choix, que Dieu a fabriqué Ève à partir de la côte d'Adam mais qu'Il l'a dotée du libre arbitre – et ce que cette jeune femme pouvait faire, c'était lui tendre un bout de papier glacé avec un air compatissant : « Je n'ai aucune cliente, j'ai le temps. »

Qu'est-ce qui me ferait plaisir ? J'avais été créée libre. J'étais supposée pouvoir choisir. On a toujours le choix, m'avait-on répété, on a toujours le choix de choisir le Christ. Qu'est-ce qui me ferait plaisir ? Un peeling chimique ? Un rehaussement de cils ? Je n'arrêtais pas de repenser à vos mots. Vous avez dit que vous n'étiez pas là pour m'absoudre, que j'étais impitoyable avec moi-même, que je manquais de miséricorde. Vous aviez beau répéter que le péché est un concept inexistant entre ces murs, ça semblait vous amuser, d'employer le vocabulaire de mon engeance.

Qu'est-ce qui me ferait plaisir ? Les lignes dansaient sous mes yeux, brouillées par les larmes, assorties de leurs tarifs prohibitifs. Bilan + 1re séance test : 90 €. Séance 60 minutes : 105 €. J'ai ravalé la morve qui s'accumulait déjà dans le haut de ma gorge. Retourné le dépliant. De l'autre côté du comptoir, la fille dégageait une odeur de vanille, suave, chimique. J'ai fixé le dernier paragraphe, « Épilations ». Les prix m'ont paru plus raisonnables, m'épiler le maillot à la cire ne me faisait pas plaisir. J'ai opté pour ce choix-là. Avec un peu de chance, me suis-je dit, le bébé allait être délogé par la douleur.

La fille m'a conduite dans un petit réduit sans fenêtre, à l'entresol. Il y faisait chaud, confortable. « Je vous laisse vous déshabiller, je reviens dans quelques minutes », m'a-t-elle glissé d'une voix douce. Une enceinte au plafond diffusait de la musique relaxante, comme des gouttes d'eau tombant en cascade sur un xylophone. Au milieu de la pièce se trouvait une espèce de lit en similicuir. J'ai enlevé ma veste, mes chaussures et mon collant, les ai posés sur un tabouret. Puis je me suis assise sur un coin du lit, le dos rond, les bras enroulés autour de mes genoux. L'air embaumait la cire – une odeur juste un peu plus fruitée que celle qui emplissait la paroisse de mon enfance pendant les messes de l'Avent à la bougie.

« Vous préférez garder votre culotte ? » m'a demandé la fille en entrant d'un pas feutré, accompagnant la porte de la main pour la refermer sans un bruit. « On part sur un brésilien, c'est ça ? » Le rouge m'est monté aux joues. La fille a dû s'en rendre compte car elle a reposé la spatule en bois, avec laquelle elle était déjà en train de remuer la casserole de cire, pour se retourner vers moi et m'expliquer : « Brésilien, on ne touche pas aux lèvres. » Elle a esquissé un petit sourire de connivence avant d'ajouter : « Ça fait moins mal, surtout si vous n'avez pas l'habitude. Mais vous allez voir, toutes les clientes disent que j'ai des doigts de fée. » Je me suis étendue sur le lit, j'ai relevé ma jupe au-dessus de mon nombril, puis très délicatement la fille a passé un lien de sopalin entre les deux rebords de ma culotte pour l'échancrer. Par pudeur, je n'ai pas voulu regarder. J'imagine qu'une jungle de poils noirs a surgi du coton.

J'ai posé mes mains froides sur mon ventre chaud, si plat qu'il formait un creux sous mes deux paumes. Je n'ai jamais aussi peu mangé que depuis que je sais que je suis enceinte. Hugues l'a tout de suite remarqué. Ce matin, il y a quatre semaines, où je suis allée uriner en cachette sur le bâtonnet, c'était le mercredi des Cendres. Il a cru que je jeûnais par dévotion. « Tu vas vraiment passer la journée le ventre vide ? » a-t-il dit, avec dans le regard une incrédulité moqueuse. Une demi-heure plus tard, après son départ, j'écrivais un mail à ma responsable de secteur à Écoute-Avortement, en mettant tous les autres dirigeants en copie, pour annoncer que j'arrêtais définitivement les permanences. J'ai reçu peu de réponses. « Félicitations », disait l'une d'elles, signée d'une retraitée que je n'avais aperçue que quelques fois en visioconférence. J'ai relu mon message à la hâte, le cœur battant, pour vérifier si je n'avais pas laissé fuiter mon secret. Mais les trois lignes que j'avais rédigées étaient rigoureusement hermétiques. La retraitée avait juste tiré la seule conclusion qu'elle était en mesure de tirer. Je préparais mon nid, j'étais entrée dans ma période de ponte.

C'est entre mes mains, dites-vous. J'ai le choix. J'ai encore le choix. J'ai toujours le choix. *N'importe quel choix sera le bon parce qu'il sera le vôtre.* Vous n'avez pas arrêté de me dire que mon corps m'appartient, au même titre que leur corps appartenait à toutes ces filles que j'ai aidées. Vous avez souligné le verbe aider. *La décision leur est toujours revenue, vous le savez*, voilà ce que vous avez dit également. Vous avez l'air de croire au libre arbitre, vous aussi. Mais vous ne croyez pas à la pénitence.

Une pluie de talc s'est abattue autour de ma culotte. La fille l'a massée. Puis j'ai senti une première bande de chaleur se répandre sur mon aine. « Ça va, la température ? » m'a-t-elle demandé. J'ai hoché la tête, intimidée. En s'étalant, la cire faisait un bruit de crissement tandis que les gouttes musicales continuaient de tomber. Mon triangle pubien était maintenant cerné d'une gangue de cire que je sentais durcir sur ma peau. « Vous êtes prête ? J'y vais ! » a lancé la fille à l'instant où elle tirait, avant même d'entendre ma réponse. La douleur m'a bloqué la respiration dans la gorge. Les larmes, comme des têtes d'épingle, ont afflué au coin de mes yeux. « Ça va ? a-t-elle répété en se penchant vers moi, la mine remplie de sollicitude. Je préfère ne pas trop laisser réfléchir, c'est comme les piqûres, ça fait encore plus mal si on s'y prépare. » J'ai ri nerveusement en aspirant mes lèvres, opinant toujours du chef. « Vous me dites quand je peux continuer ? » J'ai murmuré « Allez-y » d'une voix faible, et une nouvelle onde de douleur m'a traversée. Juste après avoir tiré, la fille a posé sa main contre la zone endolorie. « Normalement, si je laisse appuyé comme ça, ça calme un peu, non ? »

J'ai articulé un oui de reconnaissance et reporté mon attention sur mon ventre. Sa chaleur s'était propagée à mes mains, à croire qu'il irradiait de son énergie propre, étrangère à celle de l'embryon. Vous m'avez rappelé hier que j'avais encore plusieurs semaines pour réfléchir, comme si je n'avais pas passé ces dernières années le nez plongé dans un calendrier de grossesse. Je connais les délais. Si j'attends, c'est simplement parce que Hugues n'est pas encore parti en déploiement, que je ne peux pas prendre le risque de faire une hémorragie sous ses yeux.

Mon ventre palpitait à chaque fois que la fille arrachait une nouvelle bande. À l'intérieur, un ensemble de cellules tressautait, déjà doté d'un cœur, peut-être aussi d'un libre arbitre, retenu à mes tissus par deux artères et une veine emmêlées. Si je le laissais se développer, je ressemblerais bientôt à l'une de ces femmes que j'ai tant enviées, qui demandent aux serveurs si le fromage est bien au lait pasteurisé, si le café est bien décaféiné, ces femmes au ventre comme un trophée, une sphère parfaite, parfois chatouillée par la pointe d'une chevelure, une écharpe, un long collier ; j'exhiberais cette excroissance vivante, pleine, un nouveau centre de gravité, que je sonderais moi aussi d'une inlassable main distraite, en haut, en bas, au milieu, sur le côté, comme s'il suffisait de franchir la cloison ronde pour attraper un petit mollet. J'ai passé six ans à espérer devenir l'une de ces femmes, et maintenant que je pourrais en être une, physiquement, je veux dire, maintenant que j'aurais toutes les raisons, moi aussi, de dire « Eh oui, au moment où je n'y croyais plus », « Aucun symptôme », « Le comble, c'est que ce cycle-ci, nous ne l'avons même pas cherché », la seule chose que j'éprouve, c'est un grand vide. Je le sais maintenant, j'ai tout mis en œuvre pour que cela se vérifie : la grossesse n'arrive qu'aux autres.

« Vous êtes à Montauban même ? » m'a demandé la fille, une fois que je m'étais habituée à la douleur. « Oui », ai-je murmuré en ravalant mes larmes. La fille a dû croire que j'avais encore mal. Ou bien a-t-elle compris, ou bien a-t-elle appris, elle aussi, à se servir de son dépliant en papier glacé comme d'une gare de triage. Elle n'a pas insisté. Elle s'est contentée d'étaler patiemment la cire moelleuse, affectueusement, d'arracher vite, de poser sa paume fraîche sur mon épiderme à vif. « En tout cas, vous avez des poils qui partent très bien », m'a-t-elle dit, et j'ai hésité à la remercier. Était-ce un compliment ? Une prouesse d'ordre moral ? Que vais-je devenir si je ne peux pas afficher sous la forme d'une ribambelle d'émojis joufflus le nombre de mes bébés sur Instagram ? Qui suis-je si je ne suis pas une « maman de 3 », une « christian mum of 4 », de quatre, de six ? Une femme aux poils qui partent bien ?

« Ça vous va, comme ça ? » Je me suis hissée sur mes coudes pour faire mine de regarder, n'ai aperçu qu'une boursouflure de peau blanche maculée de points rouges. À ce moment-là seulement, j'ai pensé à ce qu'allait dire Hugues en voyant ma toison. Elle n'a jamais été aussi échancrée. Et puis je me suis rappelé vos propos, les numéros de téléphone que vous m'avez donnés. *C'est entre vos mains.* Peut-être ne la verra-t-il plus jamais. Peut-être.

La fille m'a demandé de rester encore quelques instants allongée pour peaufiner son œuvre. « Je veux que vous soyez contente en sortant d'ici », a-t-elle précisé, penchée vers mon pubis, armée d'une pince à épiler, tirant la peau entre ses doigts, extirpant les poils rebelles d'un coup sec. Ensuite, elle a consciencieusement appliqué une huile parfumée. « Ça ralentit la repousse, et puis c'est toujours agréable, après. » J'ai souri, j'avais la voix coupée. « Voilà, vous pouvez vous rhabiller », a-t-elle annoncé en se redressant avec un sourire si charitable que j'ai failli éclater en sanglots. « Merci, suis-je parvenue à articuler. Merci, vous êtes vraiment gentille », et je suis sûre qu'elle a compris combien ces mots étaient sincères. Elle avait été gentille. C'est en payant à la caisse que j'ai lu son prénom, inscrit sur le badge épinglé à sa blouse. Amel. « Ça veut dire espoir », a-t-elle dit en surprenant mon regard.

Remerciements

Ce roman n'existerait pas sans les conversations que j'ai eues avec Jean-Baptiste Blanc et Cécile de Talhouët, et il n'existerait pas sous cette forme sans les suggestions de Giulia Oskian.

Ce roman est issu d'un texte souche – il ne présenterait pas le même ADN sans la science de Lounis Yakhou, n'aurait pas bénéficié des mêmes apports sans le concours de Michèle Berthélémy et Isabelle Gouraud.

Anne Berthélémy, Camille Bordas, Isabelle Darenne, Alice Déon, Daniel Disegni, Céline Frigau-Manning, Lily Guillard, Anna Khachaturova, Gabrielle Lacombe, Julie Lafore, Ilaria Moretti, Sylvie Nordheim et Lorraine Selle-Delavaud se sont penché·es avec une bienveillance salutaire sur ses tout premiers battements de cœur – que Patricia Duez a synchronisés ensuite de son oreille experte.

Je n'aurais sans doute pas eu la force de porter ce travail à terme sans le soutien de ma mère, de mon frère, et sans l'amitié vitale des êtres déjà cités ainsi que celle de Deborah Bonvini, Gwenaëlle

Denoyers, Anna Illouz, Cécile Lugiez et Louise Mézel. Pour ce qui est des conditions matérielles de son développement, ce roman doit beaucoup aux cafés au lait d'avoine et à l'amabilité de Clair et de toute l'équipe du Floréal. Les sons de Flavien Berger, Polo & Pan, La Femme et Romane Santarelli l'ont bercé.

Enfin, ce livre n'aurait pas appris à marcher sans Alix Penent d'Izarn, qui lui a tendu les bras.

Que toutes ces personnes soient remerciées.

Et merci à Johann Defer, pour tout cela et plus encore. C'est toi qui as planté la graine.

NORD COMPO
multimédia

Composition et mise en pages
Nord Compo à Villeneuve-d'Ascq

CET OUVRAGE
A ÉTÉ ACHEVÉ D'IMPRIMER
SUR ROTO-PAGE
PAR L'IMPRIMERIE FLOCH
À MAYENNE EN MAI 2024

N° d'édition : 637076-0. N° d'impression : 104887
Dépôt légal : août 2024
Imprimé en France